YOUNG DETECTIVES
DER FLUCH
DES SCHWARZEN GOLDES

ANDREAS SCHLÜTER

YOUNG DETECTIVES

Der Fluch des schwarzen Goldes

BAND 1

EDEL
KIDS BOOKS

Young Detectives
Der Fluch des schwarzen Goldes
Band 1
ISBN 978-3-96129-210-3

Edel Kids Books –
Ein Verlag der Edel Verlagsgruppe

Neumühlen 17, 22763 Hamburg
www.edel.com

1. Auflage 2021

Text: Andreas Schlüter
Coverillustration: Max Meinzold
Innenillustrationen: Thilo Krapp
Umschlaggestaltung: Antje Warnecke, www.nordendesign.de
unter Verwendung von Illustration und Gestaltung von
© Max Meinzold
Lektorat: Sarah Heidelberger
Layout und Satz: Uhl + Massopust, Aalen
Herstellung: Frank Jansen
Druck und Bindung: GGP Media GmbH, Pößneck

Printed in Germany

INHALT

Kapitel 1: Seltsame Geräusche

Schritte!

Paul schreckte aus dem Schlaf hoch. Er sah sich in dem dunklen Zimmer um, das er sich mit Daniel teilte. Mehr als Umrisse konnte er nicht erkennen, aber das reichte, um zu verstehen, dass niemand in ihr Zimmer eingedrungen war. Daniel schnarchte im benachbarten Bett vor sich hin. Der war es auch nicht, dessen Schritte Paul gehört hatte. Oder hatte er wieder nur geträumt?

Jeden Freitag traf Paul sich nach dem Abendessen mit seinen besten Freunden hier im Internat zur sogenannten Freitagsrunde: Er, sein Zimmernachbar Daniel, Isabel und Seo-Yun saßen dann zusammen und erzählten sich Detektivgeschichten, lasen sich gegenseitig welche vor oder schauten gemeinsam Kriminalfilme. Am liebsten solche, bei denen es auf kluge wissenschaftliche Ermittlungen ankam.

Oft malten sie sich die Kriminalgeschichten so genau aus, dass Paul anschließend die halbe Nacht schlecht träumte, bis er irgendwann schweißgebadet aufwachte. Jedes Mal atmete er erleichtert auf, wenn er feststellte, nur geträumt zu haben. Daniels leises Schnarchen beruhigte ihn auch jedes Mal und erinnerte ihn daran, dass er in einer abgeschirmten, wohlbehüteten Welt lebte: dem Eliteinternat Leonardo da Vinci für Hochbegabte, nur wenige Kilometer von einer beschaulichen, verträumten kleinen Altstadt entfernt, in der Verbrechen so gut wie nie vorkamen.

Doch in dieser Nacht war es anders. Paul war nicht erleichtert, als er erwachte. Und er hatte auch überhaupt nicht das Gefühl, die Schritte geträumt zu haben. Denn dann – da war er sicher – hätte er auch die passende Person dazu geträumt: vermutlich ein blutrünstiges Monster oder so etwas. Was er eben meist so träumte nach ihren schaurig-schönen Freitagsrunden. Nein, dieses Mal war Paul sich sicher, dass die Schritte real gewesen waren. Aber woher kamen sie?

Hier im Internat herrschte ab-so-lu-te Nachtruhe, obwohl sie niemand streng kontrollierte. Das war auch gar nicht nötig. Denn es lebten 43 Schüler hier, die allesamt nur ein Ziel hatten: so schnell wie möglich so viel wie möglich zu lernen. Niemand interessierte sich für Partys, Herumalbern oder gar Toben. Wenn jemand am späten Abend oder sehr frühen Morgen unterwegs war, dann war er mit Sicherheit nur auf dem Weg zu einem der Labore oder in die Bibliothek. Doch im Allgemeinen herrschte spätestens ab Mitternacht absolute Stille im Internat.

Jetzt war es halb vier Uhr morgens. Und Paul hatte Schritte gehört! Das große Fenster zwischen ihren Betten war auf Kipp gestellt. War das Geräusch von draußen gekommen? Ihr Zimmer ging hinaus zur Landseite, nicht zum Innenhof des Schulkomplexes. Wen also hätte Paul von dieser Seite hören sollen? Trotzdem stand er auf und schaute durchs Fenster hinaus.

Ihm stockte der Atem.

Da! Er sah eine Gestalt über den schmalen Fußweg huschen!

Sie lief in Richtung Parkplatz der Schule. Paul sah die Gestalt nur als Schatten. Er hätte nicht beschreiben können, ob es sich um einen Mann oder eine Frau, eine Schülerin, einen Schüler oder gar einen der Angestellten der Schule handelte.

Neben den Schülern lebten noch insgesamt zehn Lehrkräfte hier in den altehrwürdigen Gemäuern. Das sonstige Personal wohnte unten im Dorf, der Direktor pendelte zwischen Dorf und Internat. Wer also konnte das dort unten gewesen sein? Und was wollte dieser Jemand hier?

Paul kam nur eine logische Erklärung in den Sinn: Es musste sich um einen Einbrecher handeln! Einen Dieb! Einen Verbrecher!

Was sollte er nur tun? Alarm schlagen? Die ganze Schule aus den Betten reißen, um einen vermeintlichen Einbrecher zu jagen? Dafür war es zu spät. Der Eindringling war ja jetzt schon auf der Flucht. Er sah, wie der Fremde an den Schulmauern vorbei zum Parkplatz lief.

Jeden Moment würde Paul ein Motorengeräusch hören, und der Dieb wäre über alle Berge. Andererseits: Er hatte nur Schritte gehört. Sonst nichts. Keine zerschlagenen Fensterscheiben, kein Türenknarren, keine Gespräche. Auch kein Hinweis, dass irgend etwas abtransportiert worden wäre. Das erwartete Motorengeräusch blieb ebenfalls aus. War es also doch kein Einbruch?

Paul überlegte und fasste einen Entschluss. Da es keine Hilferufe gab, kein Geschrei, überhaupt keine menschlichen Stimmen, konnte er davon ausgehen, dass niemand zu Schaden gekommen oder gar verletzt worden war. Alles Weitere ließ sich auch am nächsten Tag ermitteln. Vielleicht gab es ja doch eine harmlose Erklärung für seine nächtliche Beobachtung.

Paul lehnte leise einen Stuhl, leicht gekippt und auf nur zwei Beinen, gegen die Eingangstür. Würde nun jemand das Zimmer betreten, würde der Stuhl umkippen und Paul durch den Krach gewarnt werden. Es war die simpelste „Alarmanlage“ der Welt, aber effektiv. Danach legte er sich wieder ins Bett und nahm sich vor, der Sache am Morgen weiter nachzugehen.

Nur drei Stunden später, pünktlich um 6 Uhr 30, wurden sie geweckt. Bei Paul und Daniel klingelte allerdings kein gewöhnlicher Wecker, wie es vielleicht bei ihren Eltern noch üblich gewesen war. Nein, damit die beiden Jungs nicht verschliefen, sprangen exakt um „Nullsechs, dreinull, nullnull" – wie sie die Uhrzeit inklusive Sekunden nannten – ihre beiden Smartphones synchron an. Daniels spielte eine am Abend zuvor programmierte Playlist über einen Bluetooth-Lautsprecher ab, in die neben einigen Musikstücken aus den jamaikanischen Charts auch die neuesten Wissenschaftsnachrichten aus den USA und Japan auf Englisch eingebaut waren. Pauls Smartphone startete zeitgleich eine App, die mittels eines virtuellen Planetariums und eines angeschlossenen Projektors den aktuellen Sternenhimmel an ihre Zimmerdecke projizierte.

Genau fünf Minuten blieben die beiden Jungs noch auf dem Rücken in ihren Betten liegen und betrachteten die virtuellen Sterne, die genau so auch in der Realität gerade unsichtbar über ihnen standen.

Erst dann standen sie auf.

„Guten Morgen, Paul!", sagte Daniel auf Deutsch, das für ihn eine Fremdsprache war, die er erst zu lernen begonnen hatte, als er vor zwei Jahren hierher aufs Internat gekommen war. Seine Eltern lebten mit seiner älteren Schwester und seinem jüngeren Bruder in Port Antonio, einem kleinen Städtchen mit fünfzehntausend Einwohnern, aber dennoch dem drittgrößten Hafen Jamaikas. Damit war Daniel der Schüler mit dem am weitesten entfernten Wohnsitz. Seinen Platz an diesem Eliteinternat hatte er über ein besonderes Stipendium erhalten. Zweimal pro Jahr durfte er gratis nach Hause zu seiner Familie fliegen: in den großen Sommerferien und zu Weihnachten. Die Kosten waren im Stipendium enthalten.

„*Good morning,* Daniel!“, antwortete Paul auf Englisch und damit in Daniels Muttersprache. Aber deshalb hatte Paul nicht Englisch gelernt. Wie die meisten in diesem Internat wollte Paul später einmal Wissenschaftler werden, was unmöglich war, wenn man nicht fließend Englisch sprach. Also hatte Paul, dessen Muttersprache Deutsch war, einfach Englisch gelernt, als Daniel und die meisten anderen Schüler des Internats Deutsch pauken mussten. Wie fast allen hier war ihm das Erlernen einer Fremdsprache überhaupt nicht schwergefallen. Wozu war er schließlich hochbegabt?

Daniel entdeckte sofort den an die Tür gelehnten Stuhl.

„Ist etwas passiert?“, fragte er.

Paul erzählte von den Schritten, die er gehört, und der Schattengestalt, die er unten auf dem Feldweg beobachtet hatte.

„Kein Traum?", vergewisserte sich Daniel. Er wusste von Pauls Träumen nach den Freitagstreffen.

Paul schüttelte den Kopf. „Ich bin gespannt, ob wir in der Schule irgendetwas hören, von einem Einbruch oder so."

Daniel schaute aus dem Fenster, ob noch irgendetwas zu sehen war, das auf die Schattengestalt in der Nacht hindeutete. Doch er sah nichts.

Paul stand auf und ging ins Bad. Dazu bedurfte es keiner Absprache. Vom ersten Tag an waren sie in dieses Zweierzimmer eingeteilt worden und hatten sich schnell angefreundet und noch schneller einen täglichen Ablauf festgelegt, der ihnen beiden am effizientesten erschien:

- Wecken um 06:30:00 Uhr
- Aufstehen um 06:35:00 Uhr
- Paul geht ins Bad bis 06:50:00 Uhr
- Daniel geht ins Bad bis 07:05:00 Uhr
- Gemeinsam gehen sie zum Frühstück in die Mensa
- Frühstück bis 07:30:00 Uhr
- Zurück ins Zimmer. Sachen zusammenpacken für ihren Unterricht, die Vorlesungen oder für ihre Projektgruppen
- 08:00:00 Uhr Arbeitsbeginn

Keiner von beiden war in den zwei Jahren, die sie nun schon hier im Internat verbrachten, jemals auch nur eine Sekunde zu spät zum Unterricht gekommen. In der Regel fanden sie sich mindestens zehn Minuten zu früh im jeweiligen Arbeitsraum ein.

An diesem Morgen aber wurde ihr routinierter Ablauf erneut durch etwas Ungewöhnliches unterbrochen. Paul schaute plötzlich aus der Badtür heraus und fragte noch mit der Zahnbürste und Schaum im Mund: „Hascht du dasch auch gehört?“

Daniel lag auf seinem Bett und hatte Kopfhörer auf. Er sah Pauls Kopf durch die Tür lugen, nahm die Kopfhörer ab und fragte: „Was?“

„Hascht du dasch auch gehört?“, wiederholte Paul.

Etwas Zahnpastaschaum tropfte ihm dabei auf die Brust.

„Nein. Ich habe über Internetradio die Morgennachrichten von Jamaika gehört. Die haben heute 32 Grad und strahlend blauen Himmel. Und wir? Sieh mal raus. Dunkelgrau-schwarze Wolken. Es regnet wie aus Bechern!“

„Es heischt ausch Eimern! Oder ausch Kübeln“, korrigierte Paul.

Endlich nahm er die Zahnbüste aus dem Mund, verschwand kurz im Bad, spuckte aus und erschien wieder an der Tür. „Da war schon wieder so ein Geräusch.“

Daniel horchte kurz, hörte aber nichts.

„Bestimmt der Regen“, antwortete er. „Sieh nur, wie der ans Fenster brezelt.“

„Prasselt!“, korrigierte Paul wieder. „Aber das meine ich nicht. Den Regen habe ich auch gehört, aber zwischendurch war da noch etwas anderes, das klang wie ein surrender Motor.“

„Deine Zahnbürste?“, fragte Daniel.

Paul benutzte sonst eine elektrische Zahnbürste. Aber an diesem Morgen nicht.

„Akku leer“, erklärte er und hielt seine ganz gewöhnliche Zahnbürste in die Luft.

Daniel stand auf und schaute erneut aus dem Fenster. Doch der Regen schlug immer noch dermaßen heftig dagegen, dass er kaum erkennen konnte, was draußen vor sich ging.

„Da ist nichts!“, rief er Paul zu. „Keine Ahnung, was du so alles hörst: erst diese Schritte, Stunden später einen Motor. Ist alles in Ordnung mit deinen Ohren?“

„Es gibt keine Ohrenkrankheit, durch die man imaginäre Schritte hört“, stellte Paul klar. „Außerdem habe ich die seltsame Gestalt gesehen. Ich sage dir, irgendetwas ist in dieser Nacht geschehen. Etwas, das nicht gut ist.“

Kapitel 2: Unbekanntes Flugobjekt

Die plötzlich eintretende Stille ließ Isabel aufhorchen. Sie hob den Kopf vom Mikroskop und schaute auf das regennasse Fenster des Schullabors. Die ganze Nacht hatte es geschüttet. Auch in den zwei Stunden, in denen sie an diesem frühen Morgen schon an ihrem Projekt arbeitete, hatte es unablässig gegen die Scheibe geprasselt. So laut, dass man Schwierigkeiten gehabt hätte, sich innerhalb des Labors in normaler Lautstärke zu unterhalten. Aber Isabel war ohnehin allein hier. Wie so oft in letzter Zeit. Ihr neues Projekt nahm sie voll und ganz in Anspruch. In den vergangenen Tagen hatte sie nicht mal genügend Muße gefunden, sich – wie sonst in den wenigen freien Stunden hier im Internat – mit ihren besten Freunden zu treffen. Selbst das Freitagstreffen, das ihr eigentlich so wichtig war, hatte sie ausfallen lassen müssen.

Jetzt hatte der Regen so plötzlich aufgehört, als hätte jemand im Himmel den Wasserhahn abgedreht. Isabel unterbrach ihre Arbeit, schritt zum Fenster und schaute hinunter in den Hof, den sie durch die vielen Tropfen auf der Scheibe nur verzerrt und verschwommen sehen konnte. Dennoch konnte sie gut genug erkennen, dass er leer war. Niemand ging bei diesem Hundewetter freiwillig hinaus, wenn es nicht unvermeidlich war. Glücklicherweise musste aber auch niemand nach draußen. Alle Schüler wohnten in dem uralten, traditionsreichen Gebäudekomplex, der schon über hundert Jahre als privates Eliteinternat diente und seit 46 Jahren ausschließlich Kinder aufnahm, die als hochbegabt galten.

Der Besuch des Leonardo-da-Vinci-Internats kostete ein Vermögen. Isabel hätte nie auch nur den Hauch einer Chance gehabt, in diesem ehrwürdigen Institut lernen zu dürfen, wenn sie nicht ein Stipendium der Landesregierung bekommen hätte, das ihr die gesamte Ausbildung bis zum Abitur finanzieren würde. Ihre Eltern wohnten mit Isabels zwei älteren Geschwistern in einer Hochhaussiedlung in Hamburg. Ihr Bruder Kevin, 16, hatte gerade eine Lehre als Landschaftsgärtner begonnen. Die 14-jährige Mareike ging noch zur Schule, tat sich dort aber äußerst schwer. Ihre Mutter arbeitete im Supermarkt des Stadtteils als Kassiererin und ihr Vater als Sozialarbeiter in einer städtischen Einrichtung, ebenfalls im selben Stadtteil. Beide hatten also feste Jobs. Trotzdem hätten sie sich das Schulgeld niemals leisten können. Zu Hause wurde oft derb gewitzelt, dass Isabel unmittelbar nach ihrer Geburt in der Klinik wohl vertauscht worden war. So sehr war Isabel mit ihrer Hochbegabung in der Familie „aus der Art geschlagen“, wie ihre Mutter manchmal sagte.

Es war zehn Minuten vor acht. Die meisten der nur 43 Schüler in diesem Internat hatten sich bereits durch die zahllosen alten Gänge in ihre Studienräume begeben, wie man die Klassenräume für die kleinen Lerngruppen nannte. Isabels Unterricht begann an diesem Tag erst um 9 Uhr. Sie nutzte die verbleibende Zeit, indem sie bereits seit sechs Uhr hier im Labor weiter an ihrem eigenen Projekt forschte. Sie untersuchte einige Proben aus einem echten ägyptischen Pharaonengrab auf Spuren, um darüber vielleicht herauszubekommen, wie alt der Pharao geworden und woran er gestorben war. „Forensische Altersbestimmung“ lautete das Thema, über das Isabel in vier Wochen einen Vortrag als Halbjahresarbeit halten wollte.

Sie warf noch einen kurzen Blick in den grauen, dicht bewölkten Himmel. Es schien auch an diesem Tag keine Sonne durchzukommen. Obwohl hier draußen auf dem kleinen Berg, dem einzigen in der ganzen Gegend, oft besseres Wetter herrschte als unten in der Kleinstadt, die etwa eine halbe Stunde Fußweg entfernt lag.

Isabel ging zurück an ihren Arbeitsplatz, schaute sich kurz einige Strichcodes auf dem Monitor ihres Laptops an und widmete sich dann wieder ihrem Mikroskop. Gerade wollte sie sich wieder in ihre Arbeit vertiefen und die Schärfe des Okulars neu einstellen, als sie schon wieder von einem seltsamen Geräusch aus ihrer Konzentration gerissen wurde. Das war ja fast schlimmer als früher zu Hause, als sie beim Lesen fast jedes Mal von Kevin oder Mareike oder beiden mit lautem Gebrüll oder Geschepper oder Musik oder Streit oder dem Fernseher aus ihrer Gedankenwelt gerissen worden war.

Verärgert hob Isabel den Kopf und schaute erneut rüber zum Fenster, durch das sie …

Was war das denn?

Sie kniff die Augen zusammen und sah genauer hin.

Eine … Drohne? Gab es eine Studiengruppe, die mit Drohnen experimentierte? Ihr war keine bekannt. Sonst hätte sie gern mitgemacht. Sie wusste, dass der Internatsdirektor Professor Dr. Hubertus Steinbach Fördermittel für den Kauf dreier Drohnen beantragt hatte, um eine solche Studiengruppe ins Leben rufen zu können. Aber bislang waren die Mittel nicht genehmigt worden. Und Direktor Steinbach war im Moment auch gar nicht da. Er befand sich auf einer internationalen Fachtagung in New York zum Thema „Hochbegabte und ihre Förderung im öffentlichen Schulwesen".

Wo also kam dieses Ding her?

Isabel ging rüber zum Fenster, um es zu öffnen und das unbekannte Flugobjekt ohne störende Regentropfen genauer betrachten zu können.

Gerade griff sie nach dem Fensterhebel, da …

Mit einem lauten Knall explodierte die Drohne und stürzte als brennender Feuerball zu Boden!

Isabel zuckte zusammen, taumelte zwei, drei Schritte rückwärts, überwand die Schrecksekunde und stürzte erneut zum Fenster. Unten auf den Pflastersteinen sah sie die zerschellte und brennende Drohne liegen. Aber ansonsten war weit und breit niemand zu sehen. Weder unten auf dem Hof noch hinter irgendeinem der Fenster, auf die sie von hier oben blicken konnte. Wie war das möglich? Wem gehörte die Drohne? Wer hatte sie gelenkt? Oder hatte sie sich selbst gesteuert? Aber irgendjemand musste ihren Flug doch kontrollieren. Und wieso war sie explodiert?

Isabel verriegelte das Fenster und rannte los. Raus aus dem Labor, durch den langen Flur und die steinerne, ausgetretene Treppe vom dritten Stock hinunter Richtung Erdgeschoss.

Doch in der ersten Etage stoppte sie. Wenn eine Drohne über den Hof flog, dann musste die Schulleitung davon wissen. Am besten sagte sie also zuerst dort Bescheid, was passiert war. Gleichzeitig konnte Isabel die Gelegenheit ergreifen nachzufragen, woher die Drohne kam, welchen Zweck sie erfüllte und ob die Studiengruppe vielleicht ohne ihr Wissen schon begonnen hatte. Also lief sie nicht weiter die Treppe hinunter, sondern bog nach links ab zum Schulbüro.

Dort klopfte sie an die Tür. Sie wusste, dass sie nicht auf eine Aufforderung warten musste, sondern gleich eintreten durfte. Drinnen trat sie an einen breiten Tresen, hinter dem die Schulsekretärin Frau Dittmar an einem Schreibtisch saß.

Wie immer, wenn jemand das Schulbüro betrat, tupfte Frau Dittmar vorsichtig an ihrem grauen, streng zusammengekämmten Dutt, schaute über ihre schmale Lesebrille hinweg und grüßte freundlich: „Guten Morgen, Isabel.“ Dem folgte – auch wie jedes Mal – sofort die Frage: „Was kann ich für dich tun?“

„Guten Morgen, Frau Dittmar. Die Schul-Drohne ist abgestürzt.“

„Wie bitte?", fragte Frau Dittmar.

Isabel wiederholte: „Die Schul-Drohne ist abgestürzt. Ich hab's aus dem Laborfenster gesehen. Sie liegt zerschellt auf dem Hof und brennt sogar! Wahrscheinlich wissen Sie es schon, aber ich dachte, ich melde es lieber noch mal. Sicher ist sicher."

Frau Dittmar hob die Augenbrauen und musterte Isabel mit einem etwas ratlosen Blick.

„Was denn für eine Drohne?"

Isabel zog die Schultern hoch. „Ehrlich gesagt, wüsste ich das auch gern. Ich nehme an, die Drohne gehört der Schule."

„Wir haben keine!", stellte Frau Dittmar klar.

„Ja, ich weiß. Eigentlich. Aber … Ich meine … Ich hab sie ja gesehen. Also muss die Schule ja doch eine haben."

Das Schulbüro lag zur Außenseite des Gebäudekomplexes. Das Fenster zeigte nicht zum Hof, sondern zu den Feldern, die rechts vom Internatsgelände lagen. Deswegen konnte sich die Schulsekretärin nicht selbst überzeugen, ob Isabels Angaben stimmten. Stattdessen machte sie nur ein nachdenkliches Gesicht.

„Sollten wir nicht vielleicht Dr. Greedy fragen?", schlug Isabel vor.

Dr. Greedy war der stellvertretende Direktor des Internats. Den eigentlichen Direktor Prof. Dr. Hubertus Steinbach konnte sie ja nicht fragen, weil er sich derzeit in New York befand.

„Er hat gerade eine Besprechung", antwortete Frau Dittmar. „Ich werde es ihm sagen, und wir kümmern uns darum."

„Aber die Drohne brennt!", beharrte Isabel.

„Dann sei so gut, lauf rüber und benachrichtige Herrn Klefuß. Aber wahrscheinlich ist er längst zur Stelle, wie ich ihn kenne."

„Mach ich", versprach Isabel.

Bevor sie das Schulbüro verließ, rief die Schulsekretärin ihr noch nach: „Wenn du ihn nicht finden solltest und sonst niemand da ist, der hilft, komm schnell wieder hoch und sag Bescheid."

„Okay!", versprach Isabel und flitzte nun die letzte Treppe hinunter ins Erdgeschoss. Dort durch die schwere hintere Holztür hinaus auf den Hof, über den sie laufen musste, um auf dem kürzesten Weg zum Hausmeisterbüro zu kommen. Das lag im mittleren Gebäudetrakt, der die beiden Flügel miteinander verband.

Draußen blieb sie abrupt stehen. Sie schaute sich um und ließ den Blick über den ganzen Hof schweifen. Kein Zweifel: Die Drohne war verschwunden.

Das war doch nicht möglich! Gerade noch hatte sie die zerschmetterte, brennende Drohne auf dem Hof liegen sehen. In dem Zustand war sie garantiert nicht mehr flugfähig gewesen. Also musste sie jemand aufgesammelt und fortgeräumt haben. Vermutlich hatte Frau Dittmar recht, und Hausmeister Klefuß war schon zur Stelle gewesen. Aber wie sollte er in einer derart kurzen Zeit alles sauber gemacht haben? Auch die abgebrochenen und zerfetzten Kleinteilchen, die durch den harten Aufprall vermutlich durch die Gegend geflogen waren? So gründlich arbeitete der Hausmeister für gewöhnlich nicht, schon gar nicht in so einem Höllentempo. Wer aber sonst sollte das getan haben? Und weshalb so eilig?

Weit und breit hatte Isabel niemanden gesehen, weder von oben aus dem dritten Stock heraus noch jetzt hier unten auf dem Hof. Und Frau Dittmar hatte rein gar nichts von einer Drohne gewusst, wo doch sonst jede Raumbelegung, jeder Ausflug, jeder Besuch, jede Sonderveranstaltung über ihren Tisch ging und bei ihr eingetragen wurde.

Aber irgendjemand musste die Drohne gesteuert haben. Denn selbst, wenn sie selbstständig geflogen war – sich von allein zusammenschaufeln und in den Müll werfen konnte sie ganz sicher nicht. Um die zerschellte Drohne so schnell vom Hof verschwinden zu lassen, dazu musste der Pilot sich in unmittelbarer Nähe aufgehalten haben. Und immer noch aufhalten!

Isabel kam das alles äußerst mysteriös vor. Aber sie wusste: Nichts verschwand spurlos. Das war nur eine Redewendung. Im wahren Leben gab es so etwas nicht. Wenn ein Gegenstand bewegt wurde, dann hinterließ er auch Spuren.

Sie ärgerte sich, dass sie ihre gute Lupe nicht dabeihatte. Aber sie war eben weder Sherlock Holmes noch sonst irgendeine Romanfigur, die immer genau das bei sich trug, was sie gerade benötigte. Immerhin hatte sie ein Smartphone mit einer sehr guten Kamera in der Tasche. Das war fast noch besser. Und ein paar Farbabschürfungen und Rußflecken vom Brand konnte man sogar mit bloßem Auge erkennen.

Systematisch fotografierte Isabel die Stelle ab, wo die Drohne heruntergekracht war.

Anschließend hockte sie sich hin, so tief es ging, und nahm Pflasterstein für Pflasterstein in Augenschein.

„Wusste ich es doch“, murmelte sie schließlich leise vor sich hin. Aus den Fugen der Pflastersteine pulte sie kleinste Kunststoffteilchen. Vielleicht würde sie später am Computer in der Fotovergrößerung noch Weiteres entdecken. Nun zog sie ein Taschentuch hervor und wischte damit die feuchten Steine ab, zwischen denen sie eben die Kunststoffteilchen gefunden hatte. Den Schmierfilm konnte sie unterm Mikroskop untersuchen und feststellen, welche Materialien hier ihre Spuren hinterlassen hatten. Vielleicht einen Abrieb von Schuhsohlen oder Ähnliches.

Sie stand wieder auf und schaute sich nochmals um. Immer noch nichts zu sehen.

Nun filmte sie den Rundumblick einmal mit dem Smartphone. Möglicherweise entdeckte sie später in Ruhe am Bildschirm noch etwas, das sie jetzt hier draußen übersah. Damit schloss sie ihre erste Untersuchung ab und überlegte, ob sie zurück ins Schulbüro laufen sollte, um Frau Dittmar zu informieren. Oder besser vorher den Haumeister suchen, um ihn zu fragen, ob er die Drohne entsorgt hatte?

Da in wenigen Minuten der Unterricht begann, entschied Isabel sich für die dritte Variante: Sie schrieb mit dem Smartphone eine Nachricht an Seo-Yun. In wenigen Minuten schlug es acht Uhr. Vielleicht konnte sie Seo-Yun noch vor Unterrichtsbeginn abfangen? Wen konnte man besser über solche mysteriösen Technik-Dinge befragen als sie? Während Isabels Spezialgebiete in den Bereichen Chemie, Mikrobiologie und Medizin lagen, galt Seo-Yuns

Leidenschaft den Fächern Mathematik und Informatik. Alles, was irgendwie auch nur entfernt mit Technik zu tun hatte, weckte Seo-Yuns Aufmerksamkeit. Und das nicht nur auf theoretischem Gebiet. Denn anders als die meisten ihrer Mitschüler in diesen Fachrichtungen konnte sich Seo-Yun auch fürs Praktische begeistern. So hatte sie in Extrakursen löten und schweißen gelernt. In den Ferien natürlich, denn solche praktischen handwerklichen Fertigkeiten wurden hier im Internat nicht unterrichtet. Und unter großen Schmerzen: Denn Seo-Yun hatte ihre Kurse nicht nur mit guten Abschlüssen, sondern auch mit zahlreichen Brandwunden beendet.

Eilig tippte Isabel ihre Nachricht ins Handy.

Drohne gesichtet.
Abgestürzt und
verschwunden!
Weißt du mehr?

Wie gewohnt ließ Seo-Yuns Antwort keine fünfzehn Sekunden auf sich warten.

Nein.
Verschwunden?
Wo?

Zwar war die Benutzung von Smartphones im Unterricht untersagt, aber noch hatten sie ja zwei Minuten Zeit. Außerdem konnte Seo-Yun auch mit ihrer Smartwatch jederzeit Nachrichten lesen und beantworten. Und niemand hatte die Benutzung von Armbanduhren im Unterricht verboten.

Auf dem Hof.
Dittmar weiß nichts.
Klefuß nicht zu sehen.

antwortete Isabel. Und erhielt eine neue Frage:

Warte, ich komme.
Treffen im Labor
oder auf dem Hof?

Isabel antwortete:

Labor

Dann stiefelte sie die vielen Treppen wieder hinauf zum Labor, diesmal ohne am Schulbüro haltzumachen. Das hatte Zeit bis später. Im Labor musste sie ohnehin noch aufräumen, das Licht ausknipsen und die Tür schließen.

Als sie oben ankam, stand Seo-Yun schon vor der Tür.

Da Seo-Yun noch geschlafen hatte, als Isabel schon frühmorgens zum Labor aufgebrochen war, begrüßten die beiden Mädchen sich jetzt kurz, dann berichtete Isabel präzise und ohne Abschweifungen, was sie gerade gesehen hatte.

„Und du bist sicher, dass Klefuß die Drohne nicht weggeräumt hat?“, fragte Seo-Yun noch mal nach.

„Nein. Aber in der kurzen Zeit? Und so gründlich?“, fragte Isabel zurück. „Du kennst ihn! Und was da auf dem Hof passiert ist, das war kein Aufräumen, das war eine blitzartige Spurenverwischung. Das hier ist alles, was ich noch finden konnte!“

Sie zeigte Seo-Yun die kleinen aufgesammelten Kunststoffteilchen, die sie jetzt auf einen Objektträger legte und unters Mikroskop schob.

Seo-Yun strich sich zunächst mit Daumen und Zeigefinger unterm Kinn entlang und schob sich anschließend den Zeigefingernagel gegen die Zähne. Eine merkwürdige Geste, die sie eigentlich immer machte, wenn sie grübelte.

„Der Pilot der Drohne muss in der Nähe der Absturzstelle gewesen sein und die Drohne auch unmittelbar nach dem Absturz aufgesammelt und ganz in der Nähe im Gebäude versteckt haben“, fasste sie zusammen. „Alle anderen Möglichkeiten sind schon rein zeitlich auszuschließen."

„Ja", bestätigte Isabel, statt zu nicken, denn mit dem rechten Auge stierte sie gerade durch das Mikroskop und drehte mit den feinen Handrädchen die Schärfe nach. „Die Frage ist nur: *Warum* hat er alles so schnell aufgesammelt?"

„Na ja, weil niemand von dem Drohnenflug erfahren soll", antwortete Seo-Yun. „So viel dürfte klar sein. Aber auch hier fragt man sich: Wieso? Wer in der Schule veranstaltet heimliche Drohnenflüge?"

Der schrille Klang der fünfzig Jahre alten Schulglocke hallte über den Hof und drang durch alle noch so dicken Wände bis in den letzten Winkel des altehrwürdigen Gebäudekomplexes.

„Ich muss los", sagte Seo-Yun.

„Okay. Ich versuche, mit Dr. Greedy zu reden", kündigte Isabel an. „In der Mittagspause werde ich berichten."

„Gut. Wir sehen uns in der Kantine", antwortete Seo-Yun. „Pünktlich um halb eins."

„Wie immer", sagte Isabel.

Kapitel 3: Es bleibt mysteriös

Isabel klopfte an die Tür des Schulbüros und trat sofort ein. Doch diesmal fand sie Frau Dittmar nicht vor. Das Büro stand leer. Das war nicht weiter ungewöhnlich, da die Schulsekretärin oft auch außerhalb ihres Büros zu tun hatte. Doch Isabel wollte nicht warten oder sich gar ein zweites Mal vertrösten lassen. Sie schaute sich kurz zu allen Seiten um, dann beugte sie sich weit über den Tresen, als wollte sie darüberklettern. Doch schon von hier aus konnte sie jetzt gut den Stundenbelegungsplan einsehen, der an der Wand hinter Frau Dittmars Schreibtisch hing: Dr. Greedy hatte im Moment keinen Unterricht. Aber vielleicht saß er noch in der Besprechung, von der die Schulsekretärin erzählt hatte?

Isabel beschloss, es zu probieren. Sie verließ das Büro, ging zwei Türen weiter und klopfte an die Tür des stellvertretenden Direktors. Hier durfte sie nicht ungefragt sofort eintreten, sondern musste die Aufforderung von innen abwarten.

Sie lauschte, aber nichts tat sich.

Isabel klopfte ein weiteres Mal, fester und lauter als eben. Dann legte sie ihr Ohr an die Tür.

Aber es war immer noch nichts zu hören.

Gerade wollte sie enttäuscht gehen, da kam ihr Dr. Greedy entgegen.

„Isabel!", rief er. Sein Tonfall war gleichzeitig erstaunt, auffordernd und fragend.

„Wissen Sie schon Näheres von der abgestürzten Drohne?", fragte Isabel direkt.

Dr. Greedy blieb stehen, stutzte und fragte erstaunt: „Eine Drohne ist abgestürzt? Wo? Unten im Dorf?"

Der stellvertretende Direktor kam ursprünglich aus einer Großstadt. Die kleine Stadt unten im Tal war für ihn immer nur „das Dorf".

Isabel schüttelte den Kopf. „Nein, vorhin auf dem Hof. Hat Frau Dittmar Ihnen nichts gesagt?"

Nun war es Dr. Greedy, der den Kopf schüttelte.

„Ich habe sie noch nicht gesehen. Ich hatte zu tun", sagte er. „Was ist denn da passiert?"

Isabel schilderte ihm, wie sie den Absturz der Drohne

beobachtet hatte. Dass blitzartig darauf alles vom Hof fortgeräumt worden war, ließ sie erst mal weg.

Dr. Greedy schaute Isabel nachdenklich an und kratzte sich am Kopf. Doch ganz plötzlich lächelte er und antwortete: „Ach, die! Abgestürzt? Wirklich? Wir lassen gerade einen Werbefilm über unser Internat drehen. 43 Schüler sind nicht eben viel, weißt du? Wir brauchen mehr, die hierherkommen. Mindestens sechzig, am besten hundert, damit wir die laufenden Kosten wenigstens einigermaßen tragen können. Deshalb hatte ich auch gerade ein Gespräch über weitere Werbemaßnahmen für unsere Schule."

Es stimmte, was er sagte. Isabel hatte schon von den verschiedenen Aktionen gehört, die das Leonardo-da-Vinci-Internat bekannter machen sollten. Ein Werbefilm aber hatte bislang nicht zu den Maßnahmen gehört. Schon gar nicht mit einer Drohne. Und ein Kamerateam in der Schule, von dem Frau Dittmar nichts wusste?

„Aha!", sagte Isabel aber nur.

„Ja", bestätigte Dr. Greedy. „Und deren Drohne ist also abgestürzt, sagst du? Haben die da einen Praktikanten rangesetzt? Na, so was! Da wird sich das Team ja schön ärgern. Ich meine, solche Dinger sind doch bestimmt sehr teuer. Na ja, deren Problem. Mach's gut, Isabel. Ich muss weiterarbeiten."

„Ja, danke, Dr. Greedy", sagte Isabel.

Der stellvertretende Direktor ging in sein Büro, Isabel in den Unterricht. Ab neun Uhr hatte sie Kunst. Isabel konnte dem Fach nicht viel abgewinnen. Das Beste am ganzen Kunstunterricht war eigentlich, dass sie dort Daniel näher kennengelernt hatte. Daniel war der Mitschüler, den Isabel von allen am meisten mochte. Abgesehen von ihrer Zimmernachbarin Seo-Yun natürlich, die Isabel als ihre beste Freundin betrachtete. Daniel war zwar ein hervorragender und begeisterter Zeichner und Maler. Aber ebenso leidenschaftlich liebte er seine Spezialfächer Biologie und Forensik. Die Vorliebe für die Forensik teilte er mit Isabel, weshalb die beiden sich besonders gut verstanden. Wo es nur ging, half er deshalb Isabel auch bei der Vorbereitung ihres großen Vortrags. Und obwohl Daniel am weitesten von allen entfernt wohnte, seine Familie sehr vermisste und sich jedes Mal auf ein Wiedersehen in seiner Heimat Jamaika freute, verabscheute er wie die meisten Schüler dieses Internats die Sommerferien, die ihm viel zu lang erschienen.

„Sechs Wochen ohne Schule", meckerte er gern. „Wer bitte schön soll das gut finden?" Dass die weitaus meisten Schüler auf diesem Planeten die Sommerferien toll fanden, mochte er bis zum heutigen Tag nicht glauben.

Darin war er sich mit Isabel, Paul und Seo-Yun völlig einig.

Im Kunstraum setzte sich Isabel auf ihren Platz an dem großen, mit Farbklecksen übersäten, robusten Arbeitstisch. Direkt neben Daniel, mit dem sie sich die Arbeitsfläche teilte.

„Guten Morgen“, begrüßte Daniel sie freundlich.

Wie immer trug er seine Strickmütze mit den schwarzen, roten, gelben und grünen Streifen, die er eigentlich nie abnahm. Außer vielleicht zum Schlafen. Er wusste, dass seine Mütze dem weltweiten Klischee eines Jamaikaners entsprach, aber genau deshalb trug er sie: „Erstens, um in dieses Grauhimmel-Deutschland etwas Farbe zu bringen“, wie er gern sagte, obwohl das Internat in einer der sogenannten Schönwetter-Gegenden Deutschlands lag. „Aber vor allem, um allen zu zeigen, dass auch Jamaikaner sehr gute Wissenschaftler werden können. Gerade deshalb die Verbindung von bunter Mütze und strenger Wissenschaft.“

Wie auch immer: Isabel fand Daniels Mütze gut. Und sie fand auch, dass sie ihm ausgesprochen gut stand. Nur, sich auch noch die Jamaika-typischen Rastalocken wachsen zu lassen, dazu hatte Daniel sich dann doch nicht durchringen können.

„Ich bin Jamaikaner", betonte er oft. „Aber kein Rastaman. Rastafari ist ja eine eigene Religion. Dafür bin ich zu sehr Wissenschaftler."

„Gibt's was Neues?", fragte Daniel.

Isabel wusste, dass er damit ihr Vortragsprojekt meinte. Aber sie antwortete, indem sie ihm alle Einzelheiten über die Drohne berichtete.

Leider wurde sie dabei von der Lehrerin unterbrochen. Frau Gahlo hatte einen Kunstdruck an die Wand gehängt und fragte nun Isabel direkt: „Und, was sehen wir hier?"

Jede andere Schülerin der Welt, die sich nicht sonderlich für Kunst interessierte, hätte jetzt vermutlich erst mal geantwortet: „Ein Bild." Um Zeit zu schinden und zu vertuschen, dass sie nichts wusste. Solche Schülerinnen aber gab es nicht im Da-Vinci-Internat für Hochbegabte. Obwohl sie nicht sonderlich viel mit Kunst anfangen konnte, hatte Isabel ihre Hausaufgaben natürlich gemacht und alles Nötige gelesen.

„Das ist das Gemälde *Sternennacht* von van Gogh. Es zeigt den Blick aus seinem Fenster daheim, entstand aber, als er schon Patient in der Nervenheilanstalt war. Also muss er es wohl aus der Erinnerung gemalt haben", leierte sie herunter, dann hielt sie aus dem Stand einen fünfminütigen Vortrag über das Bild.

Frau Gahlo hörte wie alle anderen Schüler aufmerksam zu.

Als Isabel fertig war, sagte Frau Gahlo: „Sehr schön, Isabel. Möchte jemand etwas ergänzen?"

Alle Finger gingen hoch. Außer Daniels. Daniel hatte zwar noch einiges mehr über das Gemälde und den Maler zu sagen. Aber im Moment beschäftigte ihn mehr die Sache mit der Drohne.

„Ein Werbefilm?", fragte er bei Isabel flüsternd nach. „*Really?* Im strömenden Regen? Wer dreht denn einen Werbefilm im Wasserfall?"

„Du meinst Regenguss", korrigierte Isabel.

„Ja. Und außerdem: Wenn ein Werbefilm gedreht wird, dann gibt es dazu auch eine Filmcrew. Wo war die denn? Keine zusätzlichen Aufnahmen mit einer professionellen Kamera, sondern nur die Drohne? Keine Leuchten im Hof, um das beste Licht zu erzeugen? Außerdem: keine Tonaufnahmen? Das Mikrofon der Drohne nimmt ja nur das eigene Motorengeräusch auf." Daniel schüttelte energisch den Kopf. „Nein, *never, ever* hat die Drohne einen Werbefilm über unser Internat gedreht."

Isabel nickte zustimmend. „Das dachte ich mir auch."

„Aber weshalb hat Dr. Greedy dich beschwindelt?", fragte Daniel.

„Das will ich herausbekommen. Heute um halb eins in der Kantine."

„Okay", sagte Daniel. „Weiß Paul schon Bescheid?"

„Noch nicht", antwortete Isabel.

„Paul sollte die Absturzstelle unbedingt noch mal untersuchen", schlug Daniel vor. „Außerdem hat Paul heute Nacht Schritte gehört. Und heute Morgen ein Motorengeräusch. Das war bestimmt die Drohne. Aber die Schritte heute Nacht sind immer noch *mysterious.* Und er hat eine Gestalt durch die Nacht laufen sehen. Ob das mit der Drohne zu tun hat?"

„Das könnte gut sein", stimmte Isabel zu. „Ich habe alles fotografiert. Vielleicht helfen die Bilder Paul ja weiter."

Paul saß in der internatseigenen Sternwarte. Die war zwar extrem klein, weil für eine richtig große das Geld fehlte. Aber immerhin ließ sich von hier der Sternenhimmel deutlich besser beobachten, als jeder Hobby-Astronom es selbst mit seinem besten Fernrohr hinbekommen hätte.

Als Paul gegen Mittag die Nachricht von Daniel mit den kurzen Infos erhielt, was Isabel am Vormittag erlebt hatte, saß er gerade am Computer und wertete die automatisch aufgenommenen Daten der Nacht aus, in der Hoffnung, vielleicht einen Meteoriten zu entdecken. Er sah auf die Uhr: kurz vor halb eins.

„Oh verdammt, fast hätte ich das Mittagessen verpasst!“, rief er.

Er verspürte schon ein leichtes Hungergefühl. Paul aß nie besonders viel, aber sehr gern. Unter seinen Freunden galt er als Feinschmecker. Besonders bei süßen Desserts konnte er kaum widerstehen.

Eilig packte Paul alles zusammen und lief rüber zur Kantine. Der Weg quer über den Hof war kürzer und schneller als außen herum durch die Flure der hufeisenförmig angeordneten Gebäude.

Die Kantine lag in der zweiten Etage des rechten Flügels, der von den Schülern „Einstein-Flügel“ genannt wurde, gleich unter Isabels Labor und über dem Schulbüro.

Als Paul in die Kantine gestürzt kam, saßen Isabel, Seo-Yun und Daniel schon am Tisch. Geradewegs ging er auf ihren Tisch zu und schaute ihnen auf die Teller.

„Und?“, fragte er. „Gut?“

„Mein Fisch ja“, antwortete Isabel.

Paul rümpfte die Nase. „Du hast Fischstäbchen!“

„Ja, eben“, beharrte Isabel. „Voll lecker!“

Paul schüttelte nur stumm den Kopf. Seine Freunde wussten: Fischstäbchen hatten nach Pauls Meinung rein gar nichts mit Fisch zu tun. Seine Augen wanderten weiter zu Seo-Yuns Teller und verzogen sich zu einem enttäuschten, bedauernden Blick.

Seo-Yun nickte ihm grinsend zu. „Ganz genau: vegetarisch. Vorzüglich!"

Pauls letzte Hoffnung war nun Daniel.

„Dialog von zartem *Bos taurus* mit *Daucus carota* aus der Familie der *Apiaceae*, gepaart mit püriertem *Solanum tuberosum*", verkündete Daniel feierlich.

„Verstehe", sagte Paul. „Frikadelle mit Karotten und Kartoffelbrei. Okay, bis gleich."

Er drehte ab zur Essenausgabe.

„Ich glaube, die Frikadellen sind alle", sagte Daniel, als Paul außer Hörweite war. „Das wird ihm nicht gefallen."

Die Mädchen kicherten.

Kurz darauf kam Paul zurück. Auf seinem Teller lagen drei frisch gebratene, heiße Frikadellen. Daneben standen drei Becher mit Pudding auf dem Tablett.

Isabel und Seo-Yun warfen Daniel einen verwunderten Blick zu.

„Ich denke, Frikadellen waren alle?“, fragte Isabel.

„Waren sie auch“, antwortete Paul, der die Frage gerade noch mitgehört hatte. „Aber die Küchenchefin mag mich. Und Frikadellen sollten eh frisch aus der Pfanne kommen.“

„Sie hat sie extra für dich in der Pfanne aufbewahrt?“, hakte Seo-Yun nach. „Und die drei Puddings?“

„Das sind drei verschiedene Geschmacksrichtungen, zwei davon neu. Und wer sollte den Geschmack wohl besser beurteilen können als ich?“, erläuterte Paul. „Ich werde sie nicht alle drei aufessen, nur kosten.“

„Ich verstehe“, kommentierte Isabel grinsend. „Drei Puddings aus rein wissenschaftlichen Gründen.“

„Exakt“, bestätigte Paul.

„Also.“ Isabel wollte endlich auf ihr eigentliches Anliegen zu sprechen kommen. „Zurück zur Drohne.“

„Meine erste Frage dazu wäre“, kam auch Paul sofort zur Sache. Währenddessen gab er einen Tupfer Dijon-Senf auf seine Frikadellen, den er sich extra hatte geben lassen. „Wieso ist die Drohne überhaupt abgestürzt?“

„Ist sie nicht unbedingt“, antwortete Isabel.

Paul, Daniel und Seo-Yun schauten sie erstaunt an.

„Nicht?“, fragte Paul und schob sich genüsslich das erste

Stück Fleisch in den Mund. „Ich dachte, sie sei explodiert und abgestürzt?"

„Ich hab einen Knall gehört", präzisierte Isabel. „Ich hab noch mal drüber nachgedacht: Es muss keine Explosion gewesen sein. Vielleicht war es auch ein Schuss."

Paul blieb sein Bissen im Mund stecken.

Deshalb war Daniel mit seiner Nachfrage schneller. „Ein Schuss?"

Isabel nickte. „Ja, wieso nicht?"

„Äh … Weil eigentlich selten jemand über den Schulhof zieht und mit einem Gewehr … wie sagt man … herumballert?", kommentierte Daniel.

„Es fliegen auch selten Drohnen über den Schulhof", konterte Isabel. „Und außerdem hab ich nicht von Herumballern gesprochen, sondern von einem einzigen, gezielten Schuss."

Paul hatte seinen Mund wieder frei. „Jemand hat die Drohne gezielt abgeschossen, meinst du?"

Isabel zuckte mit den Schultern und wiederholte: „Wieso nicht?" Dann schob sie sich ein ganzes Fischstäbchen in den Mund.

Paul verzog das Gesicht. Er liebte Fisch. Aber Fischstäbchen … Schnell widmete er sich wieder seinem Teller und verteilte etwas frische Petersilie aus einem kleinen Extra-

Schälchen über seine Frikadellen. Dazu noch eine Prise grobkörniges Meersalz.

„Wer in der Schule besitzt überhaupt ein Gewehr?“, fragte Seo-Yun in die Runde.

Sie aß ihre Gemüsereispfanne mit ihren eigenen koreanischen Essstäbchen, die dünner, aus Edelstahl gefertigt und damit schwerer waren als die sonst in Asien üblichen. Sie benutzte sie nur manchmal zur Erinnerung an ihren Großvater, der sie ihr zum ersten Schultag im Internat aus Südkorea nach Deutschland geschickt hatte.

„Fangen wir doch beim Hausmeister an“, schlug Isabel vor.

„Macht ihr das? Ich will mir die Absturzstelle mal genau ansehen“, kündigte Paul an.

Isabel nahm ihr Smartphone hervor und tippte schnell darauf herum, worauf das von Paul piepte.

„Ich hab dir meine Aufnahmen gesendet“, sagte sie. „Ich gehe zum Hausmeister. Wer kommt mit?“

„Ich!“, bot Daniel sich an.

„Dann gehe ich mit Paul“, entschied Seo-Yun.

„Schön!“, kommentierte Paul zufrieden und nahm sich genüsslich das erste seiner drei Puddingschälchen vor. „Mmmmhh. Birne Helene mit Sahnehäubchen! Es geht doch nichts über hausgemachten Pudding.“

„Den hatte ich auch. Wenn du mich fragst, ein bisschen zu wenig Birne und ein Hauch zu viel Helene", machte sich Isabel lustig.

Paul wusste, wie es gemeint war, und lachte herzlich mit.

Gleich nach dem Mittagessen machten sich Daniel und Isabel auf den Weg zum Hausmeisterbüro, fanden es aber verschlossen und dunkel vor. Das Büro bestand aus zwei Räumen. Im vorderen Raum gab es ein großes Fenster, hinter dem der Schreibtisch stand und von dem aus der Hausmeister das gesamte Foyer überblicken konnte. Von außen betrachtet wirkte es manchmal so, als säße der Hausmeister in einem Schaufenster. Nun aber deutete nichts darauf hin, dass er heute überhaupt in seinem Büro gewesen wäre.

„Seltsam!", fand Isabel.

Auch Daniel wusste: Selbst wenn Herr Klefuß irgendwo auf dem Gelände zu tun hatte und nicht im Büro war, brannte dort für gewöhnlich trotzdem das Licht. Es wurde erst nach seinem Feierabend gelöscht und brannte somit durchgehend von morgens halb sieben bis nachmittags um fünf. Und genau diese „Öffnungszeiten" standen auch auf dem Schild an der Tür:

HAUSMEISTERDIENST
täglich 6:30–17:00

Diese Zeiten nahm Herr Klefuß äußerst genau. Schon ab 17:01 Uhr durfte man nur noch mit Notfällen zu ihm kommen.

„Kannst du in den hinteren Raum blicken?", fragte Daniel.

Isabel hatte ihr Gesicht an die Scheibe gedrückt und mit beiden Händen vor störenden Lichtreflexen links und rechts geschützt.

„Nein", antwortete sie. „Die Tür ist zu, aber es kommt auch kein Lichtschein unter der Türschwelle durch. Alles zu und dunkel. Wie spätabends."

„Macht der neuerdings Mittagspause?", fragte Daniel.

Isabel schüttelte den Kopf. „Die macht er doch immer im Büro. Eine der Küchenhilfen bringt ihm sein Essen hierher."

„Stimmt!" Jetzt fiel es Daniel auch wieder ein.

Die beiden sahen sich an und fragten sich, was sie nun tun sollten.

„Wollen wir es bei ihm zu Hause probieren?", fragte Daniel.

„Bist du lebensmüde?", fragte Isabel zurück. „Der reißt

uns den Kopf ab. Seine Wohnung ist für alle tabu. Sein Privatbereich, wie er immer sagt. Da darf niemand hin.“

„Ja, ja, ich weiß“, winkte Daniel ab. „War nur so eine Idee.“

„Aber nachgucken schadet ja nicht“, fügte Isabel schmunzelnd an.

Daniel lächelte.

Und so zogen sie los. „Dorthin, wo nie zuvor ein Mensch gewesen ist“, witzelte Daniel in Anspielung auf *Star Trek:* zur Wohnung des Hausmeisters!

Herr Klefuß wohnte in einem kleinen Bungalow etwa zweihundert Meter hinter dem hufeisenförmigen Internatskomplex, direkt am hinteren Rand des Schulgeländes an dem Weg, der ins Waldgebiet führte. Zunächst konnten Isabel und Daniel also so tun, als wollten sie einen kleinen Mittagsspaziergang in den Wald machen. Das war nicht ungewöhnlich. Es gab sogar einen ausgeschilderten Rundweg, sodass die Schüler in ihren Pausen und in ihrer Freizeit auch ohne Aufsicht ungefährdet in das kleine Wäldchen gehen konnten.

Gefährlich wurde ihr Ausflug erst, als sie vom Weg nach rechts abbogen, die niedrige Gartenpforte öffneten und über die Gehwegplatten die zehn, fünfzehn Meter direkt auf die Haustür zugingen. Wenn Herr Klefuß sie hier erwischte, würde er fürchterlich zornig werden!

Kaum ertönte das leise metallische Geräusch beim Öffnen der Gartenpforte, da schallte ihnen aus dem Bungalow schon das Kläffen von Klefuß' Yorkshireterrier entgegen.

Das Bellen hörte nicht auf, und es erklang auch keine Stimme, die dem Hund das Bellen verbot. Es kam auch niemand zur Tür. Das konnte nur eines bedeuten: Es war niemand zu Hause.

„Vielleicht hat er doch irgendwo in der Schule zu tun?", mutmaßte Daniel. „Aber wieso das dunkle Büro?"

„Gehen wir ihn trotzdem suchen", schlug Isabel vor. „Wenn der Hausmeister am selben Tag verschwindet, an dem die mysteriöse Drohne auftaucht und abgeschossen wird, halte ich das nicht für einen Zufall."

„Du meinst wirklich, der Hausmeister ist … *lost* … äh … verschollen?", fragte Daniel.

„Ich finde, danach sieht es aus", bestätigte Isabel.

Kapitel 4: Der verschollene Hausmeister

Auch Paul und Seo-Yun fanden nichts Neues heraus. Sie luden sich Isabels Fotos vom Hof auf den Computer, betrachteten sie in allen möglichen Vergrößerungen und wollten schon fast aufgeben, als Seo-Yun plötzlich stutzte. „Moment mal! Ich gehe ein Bild zurück, da war doch etwas!"

Paul fragte nicht nach, sondern schaute nur gespannt zu, wie Seo-Yun ein Foto zurückblätterte. Sie war die „Informatikerin" der Gruppe. Deshalb stand es außer Frage, dass *sie* am Computer saß und Tastatur und Maus bediente. Paul hockte schräg hinter ihr und schaute ihr nur über die Schulter.

Seo-Yun hatte nun auf ein Foto zurückgeblättert, das zwar hauptsächlich den gepflasterten Innenhof zeigte, aber im Hintergrund auch den linken Flügel des Gebäude-

Hufeisens, den die Schüler den „Mozart-Flügel“ nannten, weil in ihm der gesamte künstlerisch-musische Bereich untergebracht war. Der rechte sogenannte „Einstein-Flügel“ beherbergte den naturwissenschaftlichen Bereich mit all seinen Laboren, aber eben auch mit Schulbüro und Kantine. Das mittlere, quer stehende Gebäude gegenüber des Hofeingangs, das die beiden Flügel miteinander verband, diente als Wohnbereich mit den Studienräumen und hieß „Da-Vinci-Corpus“.

In jedem der drei Gebäude gab es in der Mitte eine große eisenbeschlagene Holztür, neben der jeweils eine Statue des entsprechenden Namensgebers stand. Rechts von der Mozart-Statue hinter einem Fenster im Parterre glaubte Seo-Yun einen Schatten entdeckt zu haben. Sie vergrößerte diesen Ausschnitt und – tatsächlich: Sehr unscharf und schwach, aber deutlich genug war die Silhouette eines Menschen zu erkennen, der möglicherweise etwas vor sich auf seinen Händen trug und auf dessen Rücken so etwas wie ein dünner Stab emporragte.

„Das könnte auch ein Gewehrlauf sein“, sagte Paul.

Seo-Yun nickte, ohne sich dabei zu Paul umzudrehen. „Hab ich auch gerade gedacht. Isabel glaubt ja, einen Schuss gehört zu haben. Aber wer schießt eine fremde Drohne in der Schule ab?“

„Jemand, der sie erwartet hat“, antwortete Paul.

Jetzt drehte Seo-Yun sich zu ihm um. „Wie meinst du das?“

„Niemand in der Schule läuft mit einem geladenen Gewehr über der Schulter Wache“, erläuterte Paul. „Wenn ganz unverhofft hier in der Schule eine Drohne auftaucht, dann würde man sich doch erst einmal wundern und fragen, woher sie kommt. So wie Isabel es getan hat. Wenn aber jemand die Drohne sofort gezielt abschießt, dann muss er gewusst haben, a) *dass* die Drohne kommt, b) *wann* sie kommt, zumindest ungefähr, c) *woher* sie kommt beziehungsweise was sie bedeutet und d) schon vorher entschieden haben, dass er sie abschießen will. Sonst hätte er sich nicht mit einem Gewehr auf die Lauer gelegt und sie auch nicht so schnell entsorgt.“

„Schlaues Kerlchen“, lobte Seo-Yun Paul. „Also haben wir hier den Schützen im Bild, der die Drohne abgeschossen und eingesammelt hat. Oder die Schützin. Der Schatten kann ja auch von einer Frau stammen.“

„Ja“, bestätigte Paul. „Wenn es nicht Professor Krey ist.“

Professor Krey unterrichtete Musik, war der älteste Lehrer des Internats und der einzige, der teilweise noch mit einem Zeigestock unterrichtete, weil ihm „elektronische Tafeln“, wie er die modernen Whiteboards an den Wänden nannte, zuwider waren. In seinem Musikraum gab es noch eine uralte grüne Tafel mit aufgemalten Notenlinien, auf die er mit Kreide kritzelte.

Die Schüler ließen ihn machen und holten sich ihre benötigten Noten und Partituren dennoch per Download auf ihre Tablets.

„Der rennt doch nicht mit seinem Zeigestock hinter dem Rücken die Flure auf und ab." Seo-Yun hielt es nach wie vor für wahrscheinlicher, dass es sich um den Schützen handelte. „Könnte zwar wie gesagt theoretisch auch eine Frau sein, aber von der Statur her tippe ich doch eher auf einen Mann."

„Suchen wir nach Spuren!", schlug Paul vor.

Seo-Yun speicherte die Fotos in ihrer Cloud, schaltete den Computer auf Ruhemodus und folgte Paul hinunter auf den Hof.

Sie gingen an dem bronzenen Mozart vorbei in den Mozart-Flügel genau zu jener Stelle hinter dem Fenster, an der im Foto der Schatten aufgetaucht war.

„Draußen ist der heftige Regen für die Spurensuche eine Katastrophe", kommentierte Paul. „Drinnen aber ein Segen. Sieh nur, die vielen nassen, schmutzigen Fußspuren!"

Paul fischte sofort einige kleine, durchsichtige Plastikbeutel aus der einen und einen steril in Folie verpackten Plastikspatel aus der anderen Hosentasche und nahm einige Proben, während Seo-Yun die Spuren fotografierte.

Anschließend rutschte Paul auf den Knien voran, den Kopf tief hinuntergebeugt, fast so, als wollte er den Boden schrubben. Stattdessen suchte er Zentimeter für Zentimeter die Bodenfliesen ab. Schon nach zwei Metern rief er: „Hier!"

Seo-Yun ging zu ihm. „Hast du etwas gefunden?"

Paul kramte nun aus seiner hinteren Hosentasche eine Pinzette hervor.

„Was du alles dabeihast!", staunte Seo-Yun.

Paul hob kurz den Kopf. „Wieso? Wir haben uns doch zur Spurensuche verabredet. Wie kann man da ohne Equipment kommen?"

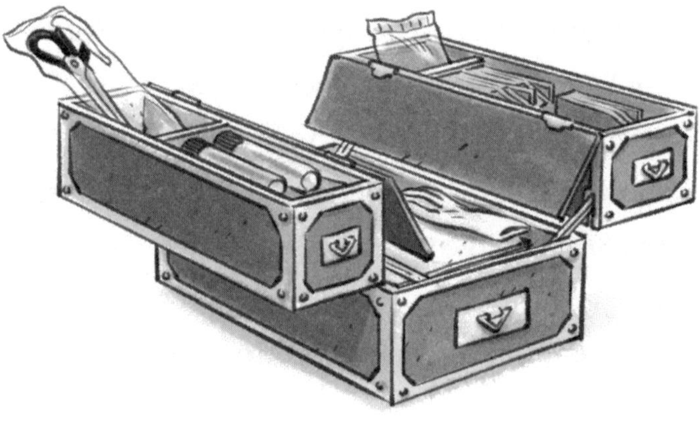

Seo-Yun schmunzelte. „Hast recht. Schon gut."

Paul senkte den Kopf wieder, bis er fast mit der Nasenspitze den Boden berührte, und zupfte einen winzigen, kaum sichtbaren Krümel vom Boden auf.

„Was ist das?", fragte Seo-Yun.

„Ein Kunststoff-Splitter", antwortete Paul. „Sollte mich nicht wundern, wenn der zur Drohne passt."

„Da vorn liegt ein größeres Stück", sagte Seo-Yun. „Schau mal." Sie zeigte auf eine Stelle etwa fünf Meter von ihnen entfernt. Dort lag tatsächlich ein daumengroßes Stück Plastik auf dem Boden.

„Irre!", fand Paul. Er sprang auf, lief auf das Teil zu, hob es ebenso vorsichtig mit der Pinzette auf wie zuvor den Krümel und verstaute das Stück in einem weiteren Plastikbeutel.

„Es wäre super, wenn wir die Drohne finden würden", sagte Seo-Yun. „Auch wenn sie völlig zerstört ist, könnten wir vielleicht herausfinden, was sie gefilmt hat."

Paul nickte ihr zu. „Das würdest du bestimmt hinbekommen."

In dem Moment kam der stellvertretende Direktor Dr. Greedy den Flur entlang.

Paul und Seo-Yun sahen ihn zu spät und erschraken.

„Hallo, Kinder!", grüßte er freundlich, blieb stehen und

fragte: „Was machst du dort auf dem Fußboden, Paul? Suchst du etwas?“

Paul verstaute nervös Plastikbeutel und Pinzette hinter seinem Rücken in den hinteren Hosentaschen, erhob sich und behauptete: „Nein, ich hab nur … meine Schuhe zugebunden.“

Dr. Greedy sah ihm auf die Füße. „Du hast Klettverschlüsse!“

„Äh, ja“, sagte Paul und versuchte, nicht zu stottern. „Das meine ich ja, sie waren zu eng geschlossen. Ich musste sie etwas lockern. Sonst tun mir die Füße weh.“

„Verstehe“, sagte Dr. Greedy, suchte mit seinem Blick aber den Boden ab. „Na, dann hoffe ich mal, jetzt geht es besser. Wo wollt ihr denn hin?“

„Musikraum 3“, sprang Seo-Yun schnell für Paul ein. „Ich will Paul meine Partitur auf der Violine vorspielen. Und seine Meinung hören. Ich habe doch bald meine Zwischenprüfung im Violinspiel.“

Das mit der Prüfung war nicht mal geschwindelt. Die stand Seo-Yun tatsächlich bevor. Allerdings wäre sie nie auf die Idee gekommen, ausgerechnet Paul ihr Stück zur Beurteilung vorzuspielen.

„Du hast ein Musikgehör wie Beethoven“, bescheinigte

sie ihm des Öfteren scherzhaft. „Allerdings in seiner Endphase."

Paul nahm diese Bemerkung jedes Mal mit Humor. Er wusste natürlich, dass Beethoven in seinen letzten Lebensjahren taub geworden war und die Musik, die er komponierte, nicht mehr hören konnte. Seo-Yuns Witz traf auch zu. Paul war der Einzige der vier, der zutiefst unmusikalisch war.

„Na, dann viel Spaß!", wünschte Dr. Greedy, fügte in Seo-Yuns Richtung aber noch schmunzelnd hinzu: „Aber wenn ich dir einen Tipp geben darf: Wenn du etwas auf deiner Violine vorspielen willst, dann wäre es von Vorteil, sie auch dabeizuhaben." Mit diesen Worten ging er weiter seines Wegs.

Seo-Yun und Paul schauten ihm hinterher, bis er durch das Tor den Flur verließ und quer über den Hof rüber zum gegenüberliegenden Einstein-Flügel wechselte.

„Mist!", fluchte Seo-Yun. „Im spontanen Erfinden von Ausreden müssen wir noch erheblich besser werden. Klettverschlüsse und Vorspielen auf einer nicht vorhandenen Violine! Peinlich!"

„Stimmt", murmelte Paul. „Aber trotzdem seltsam: Dr. Greedy ist doch von dort gekommen, aus dem Da-Vinci-Gebäude. Wenn er rüber will zum Einstein-Flügel, wäre es doch viel kürzer, wärmer und trockener gewesen, einfach innen den Flur weiter entlangzugehen, statt den Umweg über uns und den Hof zu machen."

Seo-Yun zog die Augenbrauen zusammen. „Du meinst, er ist extra bei uns vorbeigekommen?"

Paul zog die Schultern hoch. „Ich weiß nicht, ob er explizit uns meinte oder uns nur zufällig begegnet ist. Aber ich vermute, er wollte auf jeden Fall diesen Weg gehen, über den offenbar die abgestürzte Drohne getragen wurde."

„Du meinst, er weiß von der Drohne?"

„Natürlich!", antwortete Paul. „Hast du vergessen, was er Isabel geantwortet hat? Angeblich war es die Drohne einer Werbeagentur! Er war also von Isabels Meldung über die Drohne nicht überrascht, sondern hatte sofort eine Erklärung parat."

„Die Geschichte mit dem Werbefilm ist fast so eine peinliche Ausrede wie meine mit der Violine", kommentierte Seo-Yun. „Aber meinst du, er weiß, was die Drohne wirklich hier zu suchen hatte?"

„Das ist zumindest sehr wahrscheinlich", antwortete Paul. „Sonst hätte er gegenüber Isabel viel überraschter sein müssen."

Paul war jedenfalls froh, dass er so geistesgegenwärtig

gewesen war, dem stellvertretenden Direktor nicht auf die Nase zu binden, was Seo-Yun und er tatsächlich hier auf dem Flur zu suchen hatten.

Eine halbe Stunde später trafen sich alle vier – Paul, Seo-Yun, Isabel und Daniel – wieder im Labor zur Auswertung ihrer Ergebnisse. Doch die musste leider warten. Denn sie waren nicht allein im Labor. Drei weitere Schüler besetzten die Arbeitsplätze, an denen sie immer nachmittags an ihren Projekten forschten.

Isabel führte ihre drei Freunde zu ihrem Arbeitsplatz, der sich zwar ein wenig abseits von den anderen befand, aber doch zu nah, um laut und unbeschwert reden zu können. Die vier waren übereingekommen, den gesamten mysteriösen Vorfall mit der Drohne zunächst für sich zu behalten.

„Also", fasste Isabel im Flüsterton zusammen, nachdem jeder einen kurzen Bericht geliefert hatte. „Was haben wir? Erstens: Fotos von der Absturzstelle mit dem Schatten eines vermeintlichen Schützen auf einem der Bilder. Zweitens: einige Spuren, die ich auf dem Hof eingesammelt habe. Drittens: Kunststoffteile, die Paul und Seo-Yung entdeckt haben. Viertens: Fußspuren, die Seo-Yun und Paul fotografisch festgehalten haben."

„Fünftens: einen verschwundenen Hausmeister", ergänzte Daniel.

„Sechstens: Einen stellvertretenden Direktor, der uns etwas von einem Werbefilm vorschwindelt", fügte Isabel hinzu.

„Und siebtens", ergänzte wieder Daniel. „Ich war im Schulbüro und habe nach Herrn Klefuß gefragt. Es hieß, er habe sich krankgemeldet."

Isabel sah ihn verwundert an. „Krank? Aber wir waren doch bei ihm zu Hause. Und da war niemand!"

„Dann ist er entweder im Krankenhaus …", überlegte Daniel laut. „… Oder das Schulbüro hat eine falsche Auskunft gegeben."

„Frau Dittmar?", hakte Seo-Yun nach. „Die ist doch die Ehrlichkeit in Person. Nein, die lügt nicht, das kann ich mir nicht vorstellen."

„Vielleicht weiß sie es selbst nicht besser?", warf Paul ein und fragte bei Daniel nach: „Hat sie selbst direkt mit Klefuß gesprochen?"

Daniel presste die Lippen zusammen und zog die Schultern hoch. „*Shit.* Das habe ich nicht gefragt."

„Also, was machen wir?", fragte Isabel, obwohl ihr die Antwort schon klar war.

Die kam auch prompt.

Von Paul: „Na, Spurenauswertung! Treffpunkt wieder hier. Um 19 Uhr, nach dem Abendessen."

„Hier?" Isabel sah sich im Labor um, in dem immer noch andere Schüler an ihren Arbeitsplätzen hockten. Sie wusste, dass auch die durchaus bis spätabends arbeiten konnten, wenn sie es für nötig hielten. „Ein ungestörterer Ort wäre mir lieber."

Seo-Yun und Daniel nickten ihr zu.

Paul überlegte. „Aber wo?"

Plötzlich grinste Daniel vor sich hin. „Ich kenne einen!"

Kapitel 5: Ein geheimnisvoller Ort

Daniel führte die kleine Gruppe wieder hinüber in den Mozart-Flügel.

„Du willst wirklich zum alten Krey?“, fragte Seo-Yun, als sie den Flur betraten, in dem sie und Paul noch vor einer halben Stunde nach Spuren gesucht hatten.

„Zum alten Krey!“ Mehr hatte Daniel bisher nicht verraten. Aber dort würde er einen geeigneten Ort für geheime Treffen kennen, hatte er behauptet.

Jetzt gingen sie zu viert weiter den Flur entlang, fast bis zum Ende, wo Daniel dann endlich stehen blieb. Direkt vor dem Büro ihres Musiklehrers Professor Krey.

„Wir sind da!“, verkündete Daniel.

Die anderen drei sahen ihn fragend an.

Seo-Yun schaute sich zu allen Seiten um, als hätte sie etwas übersehen.

Und Paul fragte verwirrt: „Wie? *Wo* sind wir? Sollen wir uns etwa hier treffen, mitten auf dem Flur? Seo-Yun und ich wurden eben schon von Dr. Greedy hier angetroffen und ausgefragt. Ein denkbar ungünstiger Ort!"

„Bleib ruhig!", beschwichtigte Daniel. „Unser Geheimversteck liegt hinter dieser Tür."

Er zeigte tatsächlich auf die Tür mit der Aufschrift „Professor Krey – Musik", die in dessen Büro führte.

„Wusstet ihr, dass der alte Krey sein Büro nie abschließt?", fragte Daniel.

Die drei anderen schüttelten die Köpfe. Das wussten sie nicht.

„Professor Krey sagt immer: Wenn dies eine Schule ist, in der gestohlen wird, hat er hier nichts zu suchen. Beim geringsten Diebstahl würde er sofort kündigen!"

Paul runzelte die Stirn. „Mutige Aussage, finde ich."

„Andererseits", räumte Isabel ein. „Eigentlich hat er recht. Wer sollte hier an der Schule etwas stehlen? Alle, die hier sind, haben genug Geld."

„Oder ein Stipendium", ergänzte Daniel lächelnd. Er hatte eines und Isabel auch.

Dann legte er die Hand auf den Türgriff. „Ich sehe nach, ob er da ist."

Er öffnete die Tür einen Spalt, steckte den Kopf hinein und rief: „Professor Krey? Hallo? Ich bin's, Daniel!"

Er wartete einen Augenblick, zog den Kopf wieder zurück, öffnete die Tür nun ganz und sagte: „Er ist nicht da. Wir können rein."

Dann ging er voran.

Die anderen drei blieben skeptisch. Was sollten sie im Büro des Musiklehrers? Sie konnten darin ja wohl schlecht ihre Versammlungen abhalten, immer nur dann, wenn der Professor mal für kurze Zeit nicht anwesend sein sollte.

„Wir treffen uns nicht hier", erläuterte Daniel. „Sondern dort!"

Er zeigte auf ein Bücherregal aus altem, edlem Palisanderholz, das sich über die gesamte hintere Wand des kleinen Zimmers ersteckte. Davor stand ein großer, schwerer Schreibtisch im englischen Kolonialstil, ebenfalls aus Palisander, mit zwei Besucherstühlen auf der einen und einem alten, durchgesessenen, fast schon antiken Ledersessel auf der anderen Seite.

Die Arbeitsfläche des Schreibtisches war komplett leer, bis auf zwei hohe Stapel Notenblätter.

Die einzige modernere Technik in diesem Raum bestand aus einer vermutlich astronomisch teuren Musikanlage, die sich ganz klassisch aus einem Plattenspieler für

Vinylplatten, einem Verstärker und zwei mannshohen Lautsprecherboxen zusammensetzte. Das Sideboard, auf dem die Anlage stand, erstreckte sich über die gesamte Länge des Raumes und war vollgepackt mit Vinylschallplatten, bei denen es sich ausschließlich um klassische und Jazzmusik handelte.

Das Arbeitszimmer war wegen der besseren Akustik mit einem dicken Teppich ausgelegt. An der rechten Stirnwand standen aufgereiht mehrere Musikinstrumente: zwei Cellos, ein Kontrabass, eine Bratsche und zwei Saxofone. An der Wand hingen mehrere Violinen und Gitarren. Das Einzige, was fehlte, war ein Flügel. Der Professor nutzte den im Musikraum der Schule.

Noch immer hatte keiner der drei anderen verstanden, was genau Daniel meinte, als er auf das Bücherregal hinter dem Schreibtisch zeigte.

Daniel lächelte verschmitzt, ging zur Bücherwand und zog mit der linken Hand aus dem fünften Regal von oben, ziemlich in der Mitte der Wand, eine Mozartbiografie heraus. Dann steckte er seine rechte Hand in die entstandene Lücke.

„Hier ist ein kleiner Hebel", erklärte er. „Einmal kurz daran ziehen und – voilà!"

Erst jetzt erkannte man, wenn man genau hinsah, dass

die Bücherwand aus vier gleichgroßen Regal-Elementen von jeweils einem Meter Breite bestanden. Der Hebel hinter der Mozartbiografie befand sich im dritten Element. Als Daniel den Hebel betätigte, drehte sich das zweite Element daneben plötzlich auf.

„Eine Geheimtür!“, rief Paul. „Wow!“

„Woher wusstest du davon?“, fragte Isabel.

Und Seo-Yun setzte sogleich nach: „Der alte Krey hat einen geheimen Raum?"

„Noch besser", antwortete Daniel. „Ich vermute sehr stark, dass selbst Professor Krey von diesem Raum gar nichts weiß."

Die drei anderen starrten ihn an.

„So geheim?", setzte Seo-Yun nach. „Und woher kennst *du* dann den Raum und den geheimen Zugang?"

„Ich arbeite seit einiger Zeit an einem Kunstprojekt, das sich mit …", begann Daniel.

Isabel unterbrach ihn: „Wir wissen, du baust an einem Schloss-Modell im Stil des Klassizismus. Du hast uns die Pläne mal gezeigt."

„Richtig", bestätigte Daniel. „Und bei meiner Recherche und Vorbereitung für das Modell habe ich im Archiv unserer Bibliothek wirklich sehr, sehr alte und verstaubte Baupläne unserer Schule gefunden, die ja ebenfalls im Klassizismus errichtet wurde."

Paul riss die Augen auf vor Erstaunen und Bewunderung. „Wirklich? Und dabei hast du …?"

„… den geheimen Raum entdeckt. Ganz genau", berichtete Daniel weiter. „Dann habe ich mich auf die Suche gemacht, was nicht ganz so einfach war. Erstens, weil es ja nur ging, wenn der alte Krey nicht da war. Und zweitens …" Er legte eine dramatische Pause ein, ehe er weitersprach. Die anderen hörten gespannt zu. „… ist die Schule deutlich älter als diese Regalwand. Der Bau unseres Schulanwesens wurde 1835 fertiggestellt. Zumindest die erste ursprüngliche Form. Dann wurde sie im Lauf der Jahrzehnte immer wieder mal erweitert, renoviert, erneuert, verändert und angebaut. Den geheimen Raum gab es von Beginn an, die Bücherwand aber nicht. Die wurde erst dreißig Jahre später, im Frühjahr 1865, eingebaut."

„Wow!", rief Isabel aus. „So lange existiert diese Bücherwand schon?"

„Ja", antwortete Daniel. „Früher war der ganze Raum hier die kleine Privatbibliothek eines reichen Fürsten, der in diesem Anwesen wohnte. Davon gibt es Dokumente. Aber nicht von der Einrichtung und Eröffnung der Bibliothek. Auch keine Baupläne. Mit dem Umbau zur Bibliothek aber muss der Eingangs… wie sagt man … *mechanism* … der Eingangsmechanismus zum geheimen Raum verändert und ins Regal eingebaut worden sein. Nur kannte ich den nicht, weil es eben davon keine Pläne gibt."

Isabel nickte. Sie hatte verstanden.

Daniel führte dennoch weiter aus. „Also musste ich den Eingang und den Mechanismus erst einmal suchen. Und das heimlich, immer nur, wenn Professor Krey nicht da war. Es hat wochenlang gedauert."

„Und davon hast du uns nie etwas erzählt?", fragte Seo-Yun mit leicht vorwurfsvollem Ton.

Daniel zuckte entschuldigend mit den Schultern. „Ich bin erst vergangene Woche fündig geworden. Und habe seitdem auf den richtigen Moment gewartet, euch meine Entdeckung zu zeigen. Und der ist – jetzt!"

Seo-Yun, Paul und Isabel klatschten spontan Beifall.

„Darf ich also bitten?", lud Daniel mit entsprechender Geste seine Freunde ein, einzutreten.

Doch die zögerten.

„Äh … Geh du mal vor", bat Seo-Yun.

Denn gerade hatte sie sich gefragt, ob es passieren könnte, dass sich die Geheimtür wieder von selbst schloss, während sie sich im geheimen Raum befanden. Und wenn niemand außer Daniel von dem Raum wusste, konnte auch niemand zur Rettung kommen.

„Gern", antwortete Daniel und ging voran.

Ihm folgte Isabel, dann kam Paul.

Seo-Yun blieb auf der Schwelle stehen. „Kommen wir auf jeden Fall wieder hier raus?", fragte sie in den Raum hinein.

„Ja", hörte sie Daniel antworten, ohne ihn noch zu

sehen. „Hier drinnen gibt es den gleichen Mechanismus. Das heißt, wir können uns hier treffen und die Tür hinter uns schließen. Niemand wird uns je entdecken. Nicht einmal Professor Krey, wenn er da ist.“

Seo-Yun hatte jetzt Vertrauen gefasst und trat ebenfalls ein. Mit einem surrenden Geräusch schloss sich hinter ihnen die Geheimtür. Trotz Daniels Erläuterung zuckte Isabel kurz erschreckt zusammen. Erst dann sah sie sich in dem schwach beleuchteten Raum um.

„Sorry!“, entschuldigte Daniel sich. „In diesem Raum gibt es keinen Strom. Alles läuft noch auf Akku.“

Seo-Yun sah jetzt die kleine Lampe, die provisorisch an der Wand befestigt war.

„Auch das hier!“ Daniel zeigte auf einen kleinen, an der Wand befestigten Monitor, den Daniel jetzt anschaltete. Auf dem Display erschien ein Bild von Professor Kreys Arbeitszimmer von der Bücherwand aus gesehen.

„Du hast eine Kamera in das Bücherbord installiert?“, fragte Seo-Yun erstaunt.

„Sonst wissen wir ja nicht, wann das Büro leer ist und wir wieder hinauskönnen“, antwortete Daniel. „Wie gesagt, alles läuft bisher nur per Akku. Auf lange Sicht sollten wir aber heimlich Strom hier hineinverlegen.“

„Auf lange Sicht?“ Isabel verstand noch nicht richtig.

„Na, das kann unser regelmäßiger Treffpunkt werden. Wir könnten uns hier ein Büro mit kleinem Labor einrichten", schlug Daniel vor.

Die anderen drei staunten.

„Ein Büro?", fragte Isabel verdutzt nach. „Mit Labor? Wofür?"

„Na, zum Beispiel als Detektivbüro!", antwortete Daniel.

Doch noch immer kam seine Idee bei seinen Freunden nicht so richtig an. Zumindest nicht bei den beiden Mädchen.

„Detektivbüro?", wiederholte Isabel ungläubig. „Du meinst unseren Freitagstreff, bei dem wir uns über Krimis unterhalten?"

„Ja", stimmte Daniel etwas zögerlich zu. „Unseren Freitagstreff können wir auch hier verbringen – wenn nichts anliegt. Aber ich meine, im Moment …?"

Paul wusste jetzt, worauf Daniel hinauswollte, und war sofort begeistert.

„Er meint die seltsame Drohne, die wie aus dem Nichts auftaucht, dann abgeschossen wird und verschwindet, ebenso wie unser Hausmeister, der plötzlich nicht mehr aufzufinden ist. Das ist doch ein Fall! Ich, meine, ein *echter* Fall. Und vielleicht sogar zunächst nur unser erster Fall. Warum sollten nicht weitere folgen?"

Die Mädchen blickten sich immer noch etwas ratlos an.

„Das wäre doch super!“, rief Daniel. Genau das hatte er mit seiner Idee gemeint.

„Stimmt, warum nicht?“, lenkte Isabel ein. „Ich glaube zwar noch nicht so recht, dass wir es wirklich mit einem echten Kriminalfall zu tun haben, und schon gar nicht, dass irgendwann weitere Fälle folgen. Aber von mir aus … Statt nur über Kriminalromane zu sprechen, können wir ja durchaus mal einen eigenen Fall behandeln. Auch wenn er am Ende vielleicht gar keiner ist. Was meinst du, Seo-Yun?“

„Ich bin dabei!“, stimmte sie zu.

Daniel und Paul jubelten.

„Wunderbar!“, rief Daniel. „Dann weihen wir hiermit unser geheimes Detektivbüro ein: den *secret room four!*“

„Hä?“, fragte Seo-Yun. „Wieso denn Geheimraum 4?“

Daniel zählte sich und seine Freunde ab, indem er jedem auf die Schulter tippte: „Eins, zwei, drei, vier. Wir sind vier. Das ist unser Raum. Also *room four,* Raum 4!“

Die Mädchen verzogen leicht ihre Mienen, dann aber lächelten sie.

„Von mir aus“, sagte Isabel wieder.

„Gut!“ Daniel klatschte tatenfroh in die Hände. „Wenn ich Zeit habe, werde ich an eine Wand ein schönes Bild malen. An die anderen sollten wir Schreibtische und Schränke stellen. Und einen Laborarbeitsplatz."

„Das wird seine Zeit brauchen", warf Paul ein. „Zuerst sollten wir uns um unseren Fall kümmern, erst dann um unseren Raum."

Die anderen nickten.

„Also, womit beginnen wir? Mit unseren Spuren, oder?"

„Ja, aber unbedingt auch mit der Suche nach dem Hausmeister. Und nach der Drohne", schlug Seo-Yun vor.

Paul und Daniel waren einverstanden. Nur: wie?

Seo-Yun gab die Antwort: „Ich glaube, dass wir sowohl über den Hausmeister als auch über die Drohne etwas erfahren, wenn wir in seinem Büro nachsehen."

Paul fand das einleuchtend.

Daniel hingegen entgegnete: „Aber das Hausmeisterbüro ist verschlossen. Ich glaube nicht, dass wir dafür den Schlüssel bekommen."

Seo-Yun lachte auf. „Den hast du doch für diesen Raum 4 auch nicht bekommen", entgegnete sie. „Und so werden wir auch das Hausmeisterbüro durchsuchen: heimlich. Und zwar heute Nacht!"

Daniel und Paul hielten den Atem an.

„Du willst ...", begann Paul stotternd, „... in das Hausmeisterbüro einbrechen?"

Das wäre ihm nie in den Sinn gekommen.

„Was ist los mit euch, Jungs?“, sprang Isabel ihrer Freundin Seo-Yun bei. „Wollt ihr nun Detektive sein oder nicht?“

Da konnte man schlecht Nein sagen.

Die vier verabredeten sich, sich um Mitternacht in ihrem neuen geheimen Raum 4 wiederzutreffen.

Kapitel 6: Einbruch in der Nacht

Bevor die vier ihr waghalsiges Unternehmen angingen, wollten sie sich vorsichtshalber doch noch mal vergewissern, dass der Hausmeister wirklich nicht aufzufinden war.

Isabel sah im Internet nach und erstellte eine Liste aller Krankenhäuser im Umkreis von zwanzig Kilometern. Es gab nur fünf, die sie schnell abtelefoniert hatte. Da die Kliniken nicht so ohne Weiteres Auskunft geben durften, welche Patienten bei ihnen in Behandlung waren, fragte Isabel gar nicht erst, sondern sagte jedes Mal einfach: „Hallo. Hier spricht Karin Klefuß. Ich würde gern meinen Vater sprechen. Der ist heute Mittag bei Ihnen eingeliefert worden."

Der Trick, sich als seine Tochter auszugeben, klappte in allen fünf Fällen, obwohl der Hausmeister gar keine Kinder hatte. Das Ergebnis aber lautete: Der Hausmeister lag in keiner der fünf Kliniken.

„Dann sehen wir noch mal bei ihm zu Hause nach", schlug Paul vor.

Gleich nach dem Abendessen suchte er gemeinsam mit Daniel erneut die Hausmeisterwohnung auf. Doch dort war alles dunkel. Vom Hausmeister keine Spur. Im Briefkasten steckte Post, die auch noch niemand herausgeholt hatte. Demnach war Herr Klefuß offenbar den ganzen Tag nicht daheim gewesen.

Seo-Yun und Isabel schauten derweil noch mal am Hausmeisterbüro vorbei. Auch dort ergab sich nichts Neues. Herr Klefuß blieb spurlos verschwunden.

„Also dann", fasste Seo-Yun zusammen. „Heute Nacht sehen wir uns im Büro um."

Knapp vier Stunden später ging es los. Der erste Schritt war einfach. Denn sowohl Paul und Daniel als auch Seo-Yun und Isabel teilten sich je ein Zweierzimmer. Daher würde niemand mitbekommen, wenn sie mitten in der Nacht aufstanden und das Zimmer verließen, obwohl im gesamten Internat ab 21 Uhr Nachtruhe vorgeschrieben war. Nur in Ausnahmefällen war es Schülern erlaubt, für einzelne Projekte auch mal bis spät in die Nacht im Labor zu arbeiten, und dafür musste eine Genehmigung eingeholt werden. Von den vieren besaß aktuell aber keiner eine solche Genehmigung.

Ab der Zimmertür also galt es, sich still zu verhalten und sich nicht erwischen zu lassen.

Als Isabel schon die Klinke in der Hand hatte und gerade den Raum verlassen wollte, fragte Seo-Yun: „Meinst du, ich sollte mein Gesicht schwarz schminken?"

Isabel schaute verwundert zurück. „Wieso das denn?"

„Na, damit ich im Lichtschein nicht so leicht zu erkennen bin."

Isabel kicherte vor sich hin. „Na, was soll ich denn dann sagen mit meiner blassen Haut? Ich leuchte ja weiß wie ein Nachtgespenst!"

„Und du schminkst dich nicht dunkel?", hakte Seo-Yun nach.

„Quatsch!", antwortete Isabel. „Natürlich nicht."

„Und Paul? Der hat ja auch eine total helle Haut. Meinst du, der hat sich Tarnfarbe ins Gesicht geschmiert?"

„Zuzutrauen ist es ihm", gab Isabel zu. „Obwohl es trotzdem Quatsch ist. Erstens ist es stockdunkel. Und zweitens: Wenn wir tatsächlich irgendwo ins Licht kommen, sieht man uns sowieso. Und zwar vollständig, nicht nur das Gesicht. Und drittens sind wir hier an der Schule so wenige Schüler, dass man uns ohnehin sofort identifizieren würde – ob mit oder ohne Schminke. Also vergiss die Tarnschminke und komm. Es reicht, dass du dich schon komplett schwarz gekleidet hast."

Das stimmte. Seo-Yun trug eine enge schwarze Leggings, die ihr jede Bewegungsfreiheit ließ, dazu einen schwarzen Rollkragenpullover und schwarze Handschuhe. Auf eine Kopfbedeckung hatte sie verzichtet, weil ihre glatten, pechschwarzen Haare ihr bis auf die Schulter fielen und einen besseren Sichtschutz bildeten als jede Mütze.

Isabel öffnete leise die Zimmertür und trat hinaus auf den Flur. Genauso wie Seo-Yun hatte sie sich ihre Laufschuhe angezogen, weil diese leicht und geräuschlos waren.

Trotzdem schaute Seo-Yun entsetzt auf Isabels Sportschuhe.

„Was ist das denn?", fragte sie und zeigte ungläubig auf die Schuhe. „Reflektoren?"

„Ja, die sind cool", antwortete Isabel. „Wenn man damit im Winter im Dunkeln draußen joggt, wird man von jedem Auto sofort gesehen."

Seo-Yun quiekte kurz auf. „Was redest du denn da? Erstens joggst du nie, nicht mal im Sommer. Zweitens gibt es auf dem Weg zum Wald keine Straße, geschweige denn Autos. Und drittens: Wir wollen einbrechen! Nicht gesehen werden! Uns unauffällig verhalten! Und du kommst mit Leuchtreflektoren an den Schuhen?"

„Bleib mal locker", beschwichtigte Isabel. „Ich habe keine anderen Schuhe, die sich für jetzt eignen. Immerhin bin ich keine Einbrecherin mit Profi-Ausrüstung!"

Seo-Yun stöhnte laut auf. „Aber wir könnten von der Schule fliegen, wenn wir erwischt werden! Denk an dein Stipendium!"

„Mach dir keine Sorgen", entgegnete Isabel. „Wird schon gut gehen!"

Seo-Yun schüttelte fassungslos den Kopf.

Isabel trat nun endlich hinaus auf den Flur, der – wie es sich für diese Uhrzeit gehörte – menschenleer war. Sie wollten sich mit den Jungs direkt vor dem Hausmeisterbüro treffen.

Als sie ankamen, war aber noch niemand da. Isabel schaute auf die Uhr. Waren sie zu früh? Nein, sogar drei Minuten zu spät. Dennoch war von den Jungs weit und breit nichts zu sehen. Doch dann …

„Ich höre etwas", sagte Seo-Yun.

„Okay, das sind sie." Daran hatte Isabel keinen Zweifel. Wen sonst sollten sie um Mitternacht in den Schulfluren hören? Da das Zimmer der beiden Jungs wie alle Zimmer im Da-Vinci-Corpus lag, mussten sie von dort kommen. Isabel ging ihnen entgegen. Seo-Yun wollte ihr gerade folgen, als Isabel schon wieder umkehrte, ihr entgegenkam und sie heftig zurückstieß. „Weg hier! Das sind sie nicht!"

„Was?", fragte Seo-Yun verdutzt, da erhielt sie schon den zweiten Stoß von Isabel. „Frag nicht. Versteck dich! Schnell!"

Seo-Yun fragte nicht. Sie rannte los. Auf Zehenspitzen, um so wenig Geräusche wie möglich zu machen. Reflexartig sah sie sich um, wo sie sich am besten verstecken könnte. Doch dann fiel ihr ein, dass sie sich nicht umzusehen brauchte. Sie kannte nahezu jeden Winkel der Schule in- und auswendig. So natürlich auch die ganze Reihe von Vitrinen, die den Flur entlang standen. In den ersten waren die unzähligen Pokale ausgestellt, die die Schule bei diversen Wissens-Olympiaden gewonnen hatte. Und es gab sogar eine eigene Vitrine für die Pokale aus Sportwettkämpfen. Allerdings stammten sie ausschließlich von gewonnenen Schach-Meisterschaften. In keiner anderen Sportart hatte die Schule je einen Pokal erringen können. Nach den Vitrinen mit den Pokalen folgten die für die Ausstellungen von Schülerprojekten. Die dritte Vitrine hatte Seo-Yun selbst bestückt, mit ihrem eigens erfundenen und selbst gebauten Unterwasser-GPS-Tracker, der eines Tages die Wanderungen von Kalmaren und Kraken nachverfolgen sollte. Die Vitrine bestand aus einem Aquarium, unter dem in einem großen Holzkasten die gesamte Technik untergebracht war, von der Filteranlage bis zum Computer, der Daten aufzeichnete.

Wenn sie sich hinter dem Holzkasten versteckte, konnte sie niemand entdecken.

„Hierhin!“ Seo-Yun kroch hinter die Vitrine und kauerte sich so klein zusammen, dass auch Isabel neben ihr noch genug Platz fand.

Sie hörten die Schritte näher kommen.

„Wer ist das?“, fragte Seo-Yun so leise flüsternd, dass selbst Isabel neben ihr sie kaum verstand.

„Keine Ahnung“, antwortete Isabel. „Auf jeden Fall nicht Paul und Daniel.“

Etwa der verschollene Hausmeister?, fragte sich Seo-Yun. Schwebte der jetzt nachts als Geist durch die alten Gemäuer? Natürlich nicht. Niemand an dieser auf Naturwissenschaften ausgelegten Schule für Hochbegabte glaubte auch nur ansatzweise an Geister. Im Gegenteil: Jeder einzelne Schüler wäre aus dem Stand in der Lage gewesen, physikalisch nachzuweisen, wieso es keine Geister geben konnte. Aber es konnte dennoch der Hausmeister sein, der hier mitten in der Nacht durch die Flure schlich – der echte, leibhaftige, verschollene Hausmeister.

Seo-Yun konnte aus ihrer Ecke heraus leider überhaupt nichts sehen und musste die Beobachtung allein Isabel überlassen, die vorsichtig um die Vitrine herumlinste.

Die Schritte kamen nun so nah, dass Seo-Yun sich nicht traute zu fragen. Vielmehr hielt sie für einen Augenblick den Atem an, um bloß keinen Laut von sich zu geben. Zum Glück ging der Unbekannte nicht weiter den Flur entlang, sondern blieb beim Hausmeisterbüro stehen, sah sich um und lief dann zurück in die Richtung, aus der er gekommen war.

Seo-Yun und Isabel verharrten aber noch einen Augenblick in ihrem Versteck, bis sie keine Schritte mehr hörten.

Dann wagte Seo-Yun es, leise zu fragen: „Hast du erkennen können, wer das war?"

Isabel nickte und zog gleichzeitig die Schultern hoch. Dann flüsterte sie: „Ich meine, Dr. Greedy erkannt zu haben."

„Ooookay", flüsterte Seo-Yun. Sie wusste nicht so recht, was sie davon halten sollte. Einerseits war es verständlich, dass der stellvertretende Direktor nach dem Rechten sah. Immerhin befand sich der Direktor in New York, und der Hausmeister war verschwunden. Da lag alle Verantwortung auf den Schultern des Stellvertreters. Andererseits: War es wirklich notwendig, deshalb nachts im Dunkeln durch die Flure zu schleichen? Ob der Direktor oder der Hausmeister das auch immer getan hatten, als sie noch da waren? Wahrscheinlich nicht, dachte Seo-Yun. Aber vielleicht war Dr. Greedy nur unsicher und wollte keine Fehler machen?

Seo-Yun teilte Isabel ihre Gedanken mit, aber Isabel war ebenso unsicher und fand den Rundgang des Stellvertreters höchst merkwürdig. „Wenn er nach dem Rechten sieht, wieso macht er dann kein Licht an, sondern schleicht im faden Licht der Notbeleuchtung umher wie ein Dieb?"

Die Mädchen fanden keine Antwort auf ihre Fragen.

Stattdessen kam wieder jemand den Flur entlang.

Die Mädchen zuckten zusammen und versteckten sich erneut hinter der Vitrine, hinter der sie gerade hatten hervorkommen wollen.

Isabel spähte erneut um die Vitrine herum und – atmete erleichtert auf.

„Das sind Daniel und Paul!" Nach kurzem Zögern fügte sie hinzu: „Glaube ich jedenfalls."

So ganz sicher konnte sie sich nicht sein. Denn Paul war überhaupt nicht zu erkennen. Er steckte in einem weißen

Schutzanzug, hatte auch die weiße Kapuze übergezogen, trug einen Mundschutz und eine Schutzbrille und dazu weiße Gummihandschuhe. Kurz: Er sah aus, als wollte er im Labor mit gefährlichen Viren arbeiten.

Isabel und Seo-Yun kamen aus ihrem Versteck hervor und staunten Paul in seiner Aufmachung an.

„Was hast du denn vor?"

„Ich will nicht erkannt werden", antwortete Paul. „Keine Lust, von der Schule zu fliegen, wenn wir erwischt werden."

„Am ehesten wirst du erwischt, wenn du hier in strahlend weißen Klamotten durch die Nacht schleichst. Da kannst du dir ja gleich eine Warnlampe auf den Kopf schnallen!", kommentierte Isabel.

„Meine Worte!", stimmte Daniel ihr zu. „Aber er will nicht hören."

„Und was ist mit Spuren und Fingerabdrücken, die wir beim Einbruch hinterlassen?", fragte Paul zurück. Er winkte mit seiner Gummihandschuh-Hand ab. „Nee, nee. Da gehe ich lieber auf Nummer sicher."

Isabel schüttelte den Kopf und sagte seufzend: „Na schön. Also los. Aber Vorsicht. Dr. Greedy schleicht hier durch die Gänge. Habt ihr ihn nicht gesehen, als ihr gekommen seid? Er kam aus eurer Richtung."

„Nein“, antwortete Daniel, verzog das Gesicht und fügte hinzu: „Wir sind zu spät, weil Paul seine Gummihandschuhe nicht finden konnte.“

„Das war dann wohl euer Glück“, sagte Isabel. „Wärt ihr pünktlich gewesen, wärt ihr ihm vermutlich direkt in die Arme gelaufen.“

„Puh!“, stöhnte Daniel. „Wirklich? Der schleicht hier herum?“

„Na, seht ihr. Da hat sich meine Ausrüstung doch schon bewährt“, stellte Paul klar.

Die anderen drei kicherten kurz und leise.

Isabel sah sich noch einmal nach allen Seiten um.

„Ich glaube, wir sind derzeit ungestört“, flüsterte sie. „Also los. Wer öffnet die Tür?“

Die vier sahen einander an. Das hatten sie vorher nicht festgelegt. Und niemand traute es sich zu, weil noch nie jemand irgendwo eingebrochen war.

„Haben wir denn überhaupt Werkzeug dafür?“, fragte Daniel.

„Wieso, das wolltet doch ihr Jungs mitbringen“, behauptete Seo-Yun.

„Wer sagt das?“, widersprach Daniel. „Das stimmt doch gar nicht. Woher sollten wir denn Einbruchswerkzeug haben?“

„Beruhigt euch, Leute“, sagte Paul. „Ich habe alles dabei.“

„Ja?“, fragte Seo-Yun. „Was denn?“

„Im Internet gibt es ganze Türöffner-Sets“, berichtete Paul. „Kosten fast nichts. Und man hat wie an einem Schlüsselbund alles, was man braucht, um eine verschlossene Tür zu öffnen.“

„Wow!“, kommentierte Isabel anerkennend. „Und so etwas hast du?“

„Öh … nein! Natürlich nicht!“, antwortete Paul. „Dafür hatte ich doch gar nicht genügend Zeit. Wenn ich das erst heute bestellt hätte …“

Er erntete tiefe Seufzer seiner Freunde.

„Oh Mann, Paul!“, meckerte Isabel.

Doch der winkte erneut mit seinen Gummihandschuh-Händen ab.

„Beruhigt euch doch mal! Ich hab mir das Werkzeug natürlich genau im Internet angeschaut und einiges nachgebaut. Hier!“

Aus einer der Taschen seines Schutzanzugs zog er zwei gebogene Metallstäbe, die Isabel ein wenig an die Instrumente eines Zahnarztes erinnerten.

Aus einer zweiten Tasche holte Paul weiteres Werkzeug hervor.

„Das kenne ich aus dem Labor“, sagte Isabel.

„Daher ist es auch“, gab Paul zu. „Bei dem Mikroskop-Werkzeug haben wir ganz ähnliche Instrumente, die ihren Zweck erfüllen dürften.“

„Genial!“, freute sich Seo-Yun.

„Abwarten!“, mahnte Daniel, der Pauls Gerätschaften noch nicht so recht traute.

„Ich hab mir ein paar Videos dazu angesehen“, ergänzte Paul. „Das wird ein Kinderspiel.“

Voller Tatendrang schritt er zur Glastür des Hausmeisterbüros, kniete sich vor das Schloss und knipste eine kleine Stirnlampe an, die den anderen vorher gar nicht aufgefallen war. Sie leuchtete mit einem dünnen, hellen Spotlicht das Schloss aus. Paul steckte seine zwei selbst gefertigten Metallspitzen ins Schloss, fummelte darin herum und …

… nichts passierte!

Gespannt schauten die drei anderen ihm über die Schulter.

Doch nach einigen Minuten fingen sie an, die Geduld zu verlieren.

„Wie lange dauert das denn noch?“, fragte Isabel.

„Moment!“, bat Paul und zog sich Maske und Schutzbrille vom Gesicht.

„Probier doch mal ein anderes Gerät“, schlug Isabel vor.

„Vielleicht funktioniert eines von den Laborwerkzeugen besser als dein selbst gebasteltes …“

Bevor ihr ein Begriff dafür einfiel, antwortete Paul: „Das will ich ja die ganze Zeit. Aber ich bekomme meinen Dietrich nicht mehr heraus.“

„Was?“, hakte Seo-Yun nach. „Du versuchst die ganze Zeit gar nicht, die Tür zu öffnen, sondern nur, deinen krummen Draht aus dem Schloss herauszupulen?“

„Wenn er doch feststeckt“, verteidigte sich Paul. „Die Spitze hat sich verhakt!“

Seo-Yun schlug sich an die Stirn. „Das darf doch nicht wahr sein!“

„Vielleicht hast du einfach zu wenig Gefühl in den Händen mit deinen Gummihandschuhen?“, fragte Daniel. „Soll ich es mal versuchen?“

Paul rückte beiseite, und Daniel kniete sich neben ihn, um sein Glück mit dem Türschloss zu versuchen.

Doch im selben Augenblick schlug Isabel wieder Alarm. „Schritte! Greedy kommt zurück!“

Allein schon, dass sie das „Dr.“ wegließ, zeigte, wie aufgeregt sie war. Denn Isabel hatte keine Ahnung, wo sie sich jetzt verstecken sollten. Hinter ihrer Vitrine war nicht genügend Platz für vier. Eine Abzweigung gab es nicht, außer durch die Tür hinaus auf den Hof.

Der lange Gang verband den Einstein-Flügel, von wo Dr. Greedy jetzt zurückkam, vorbei hier am Hausmeisterbüro und dann am Eingangsfoyer und Gebäudetor, mit dem Mozart-Flügel.

Sie hatten nur eine Chance: Die Treppe hinaufzuflitzen

zu den Wohn- und Schlafräumen. Aber genau dorthin würde Dr. Greedy vermutlich auch wollen. Denn seine Wohnung lag ebenfalls in diesem Trakt, in der oberen Etage.

Rüber zum Mozart-Flügel konnten sie auch nicht mehr fliehen. Dann würde Dr. Greedy sie womöglich durch den langen Flur sehen. Hinaus auf den Hof ging auch nicht, denn die Tore waren nachts verschlossen. Außerdem hätte Dr. Greedy sie durch die hohen Flurfenster draußen entdecken können. Und immerhin verstießen sie gerade alle vier gegen die Nachtruhe-Regel.

„Wo sollen wir hin?“, fragte Daniel verzweifelt.

Sie konnten sich eigentlich nur unterhalb der breiten Treppe verbergen, die hinauf zu den oberen Stockwerken führte. Unterhalb der Treppe führte die Kellertreppe hinab. Es war also gut möglich, dass Dr. Greedy auch unten im Keller noch einmal nach dem Rechten sah, bevor er seine nächtliche Runde beendete.

Durch Isabels Kopf ratterten die Wahrscheinlichkeiten, wohin Greedy wohl als Nächstes gehen würde: Er kam vom Mozart-Flügel, ging gerade rüber zum Einstein-Flügel. Eigentlich war es logisch, dass er auch in den Keller hinuntergehen würde, um seine Runde komplett zu machen. Alle Schüler kannten Dr. Greedy als sehr peniblen Lehrer, der nicht einmal seine Stifte oder auch nur seine Tasche schräg auf dem Pult liegen ließ. Nein, egal, was er auf dem Tisch abstellte, es musste immer parallel zur Tischkante ausgerichtet sein. So einer ließ doch bei einem Rundgang nicht den Blick in den Keller aus!

„Nach oben!", sagte Isabel schnell. „Ihr Jungs rennt nach oben, Seo-Yun und ich gehen wieder hinter die Vitrine!"

„Nach oben?", wandte Daniel ein. „Aber dort ist auch seine Wohnung."

„Keine Diskussion!", schnitt Isabel ihm das Wort ab. Sie hatte ja gerade selbst alle Möglichkeiten in Gedanken durchgespielt. „Los!"

Daniel und Paul vertrauten ihr und rannten die Treppe hinauf. Besser gesagt: Daniel rannte. Paul stolperte in seinem Schutzanzug eher unbeholfen hinterher, wobei seine weiten Hosenbeine aneinanderscheuerten und die Plastiküberzieher über seinen Schuhen auf dem Fliesenboden quietschten.

Das darf doch nicht wahr sein!, dachte Isabel nur. Im nächsten Moment hörte sie schon Dr. Greedy laut rufen: „Hallo? Ist da jemand?"

„Verdammt! Er hat uns gesehen!", fluchte Seo-Yun.

„Uns nicht!", war Isabel sich sicher. „Wenn überhaupt, dann nur die Jungs."

Aber das war schlimm genug.

Die beiden Mädchen verkrochen sich hinter der Vitrine.

Dr. Greedys Schritte wurden schneller und damit auch lauter. Sie kamen näher.

Kapitel 7: Ein bedeutender Fund

Seo-Yun und Isabel kauerten sich hinter die Vitrine. Seo-Yun wieder an der Wandseite. Isabel lugte um die Vitrine herum, um den stellvertretenden Direktor im Auge zu behalten.

Da sah sie es!

„Beim Sokrates!“, fluchte sie.

„Was ist?“, fragte Seo-Yun.

„Der Dietrich“, zischte Isabel. „Der steckt noch im Schloss!“

Sie konnte jetzt nur hoffen und beten, dass Dr. Greedy bei seinem Rundgang nicht ganz so penibel war wie sonst in seinem Leben und nicht begann, jedes einzelne Türschloss im gesamten Gebäudekomplex zu untersuchen.

Isabel zog vorsichtig den Kopf zurück. Denn Dr. Greedy hatte jetzt das Foyer erreicht. Wieder blieb er stehen, schaute in alle Richtungen. Aber immer noch im faden Licht der Nacht-Notbeleuchtung. Die war hell genug, dass man sehen konnte, wohin man trat, aber zu schwach, um die Umgebung richtig absuchen zu können.

Dr. Greedy ging auf die Treppe zu.

Isabel hielt den Atem an. Sie hatte keine Ahnung, wo genau sich die Jungs dort oben versteckten. Sie glaubte aber kaum, dass Paul und Daniel bis in ihr Zimmer im zweiten Stock gelaufen waren. Eher hielten sie sich immer noch auf der Treppe oder in einem der oberen Flure auf.

Dr. Greedy aber bog kurz vor der ersten Treppenstufe rechts ab, ging um die Treppe herum und stieg die untere Treppe zum Keller hinunter.

„Wie ich gehofft hatte!“, jubelte Isabel leise. „Jetzt müssen wir die Jungs zurückrufen.“

„Was?“, fragte Seo-Yun. „Und wenn Dr. Greedy zu schnell wieder zurückkehrt?“

„Ich bin sicher, der macht auch seinen Rundgang durch den Keller so penibel wie alles andere“, versuchte Isabel sie zu beruhigen. Obwohl sie selbst sich natürlich überhaupt nicht sicher war, sondern mehr hoffte, dass sie jetzt genügend Zeit haben würden, ins Hausmeisterbüro einzudringen. „Hol du die Jungs zurück, ich probiere es an der Tür.“

Seo-Yun flitzte los, die Treppe hinauf.

Isabel machte sich an der Tür zu schaffen. Die Spitze des Dietrichs hatte sich tatsächlich blöde verhakt. Isabel wusste, es war nur eine Frage der Geduld, sie wieder freizubekommen. Geduld und Fingerspitzengefühl. Beides hatte sie zur Genüge in unzähligen Laborstunden geübt. Sie wusste nicht, wie oft ihr schon kleinste Teilchen vom Objektträger geflutscht waren, die sie eigentlich unter dem Mikroskop hatte untersuchen wollen. Oder wie oft sich schon irgendwelche Schläuche, Verbindungen, Glasröhrchen und Hebelchen verhakt und verdreht hatten, wenn sie einen chemischen Versuch aufbaute. Aber nichts davon hatte sie je verbotenerweise mitten in der Nacht gemacht, während sie ständig der Gefahr ausgesetzt war, erwischt zu werden.

Trotzdem gelang es ihr.

Als Seo-Yun und die Jungs gerade die Treppe hinunterkamen, hatte Isabel nicht nur den Dietrich aus seiner Verhakung gelöst, sondern es sogar geschafft, die Tür zu öffnen!

„Wie hast du das gemacht?“, fragte Paul sichtlich beeindruckt.

Isabel zuckte mit den Schultern und antwortete ehrlich: „Ich habe keine Ahnung. Ich wollte den Dietrich lösen, plötzlich sprang die Tür auf.“

„Super!“, freute sich Paul. „Dann nichts wie rein!“

Die vier schlichen hintereinander ins Büro des Hausmeisters und schlossen leise die Tür hinter sich. Doch anders als das Arbeitszimmer des Musiklehrers bestand das Hausmeisterbüro aus Glas. Jeder, der auf dem Flur zufällig vorbeikam, würde sie sofort entdecken, wenn sie auch nur irgendein Licht anknipsten. Der Vorteil war, dass eine der Nachtleuchten direkt vor dem Glaskasten hing und ein wenig Licht durch die Glasfront einfiel. So konnten die Freunde ausreichend sehen. Andererseits wurden sie selbst aber ebenfalls ausgeleuchtet, sodass sie nur tief gebückt durchs Büro schleichen konnten. Äußerst ungünstig, um es zu durchsuchen.

„Still! Ich höre wieder etwas!“, warnte Seo-Yun.

Alle vier hielten inne.

Seo-Yun hatte sich nicht getäuscht.

Dr. Greedy kam wieder aus dem Keller die Treppe empor.

Das war aber ein kurzer Rundgang durch den Keller!, dachte Isabel bei sich. Aber vielleicht war Dr. Greedy auch einfach nur müde. Immerhin ging es allmählich auf halb eins in der Nacht zu. Eine Uhrzeit, zu der Isabel für gewöhnlich schon mindestens zwei bis drei Stunden schlief. Sie würde morgen früh Schwierigkeiten haben, rechtzeitig aus dem Bett zu kommen.

Die vier hockten nebeneinander auf dem Boden, lauschten und warteten, bis sich die Schritte entfernten. Das taten sie schneller, als Isabel vermutet hatte. Sie erhob sich langsam und lugte über den Schreibtisch des Hausmeisters hinweg zum Flur. Gerade sah sie noch, wie Dr. Greedy die Treppe hinaufstieg, über die Seo-Yun und die Jungs vor wenigen Minuten wieder heruntergekommen waren. Das war alles gerade noch mal gut gegangen. Aber sie hatten sehr viel Glück gehabt.

„Er ist weg!", versicherte Isabel den anderen, die sich nun langsam aufrichteten. „Ich schlage vor, zwei durchsuchen das Büro hier vorn, zwei das Hinterzimmer."

„Gut", stimmte Paul zu. „Daniel und ich nehmen das Hinterzimmer."

„Das könnte dir so passen!", protestierte Seo-Yun. „Du mit deinem Strahlenschutzanzug bleibst hier vorn; dich identifiziert man wenigstens nicht sofort auf den ersten Blick."

Paul verzog nun das Gesicht, was natürlich niemand erkennen konnte, doch er gab klein bei. „Na schön."

Seo-Yun und Isabel schlichen in das Hinterzimmer. Die Zwischentür stand glücklicherweise sperrangelweit offen.

Auf der Schwelle überlegte Isabel, ob sie die Tür hinter sich schließen sollte oder nicht. Würde es jemandem, der vorbeikam, auffallen, wenn diese Tür plötzlich geschlossen war? Andererseits: Wenn sie sie offen ließen, könnte jeder vom Flur aus durch die Glasfront bis nach hinten ins zweite Zimmer sehen. Das war eindeutig noch schlechter. Also schloss Isabel die Tür hinter sich.

In diesem Teil der Schule waren sie noch nie gewesen. Es war verboten, sich im Hausmeisterbüro aufzuhalten. Wozu auch? Schüler hatten hier nichts zu suchen. Das bestätigte sich, als sie sich jetzt gründlich umsahen. Sie stießen auf einen Werkzeugkasten, eine Schublade mit Arbeitshandschuhen, einige Kartons mit Ersatzglühbirnen, Besen, Schneeschieber sowie diverse Schächtelchen mit Schrauben, Muttern, Dichtungsringen und vielem mehr. In der Ecke stand noch ein uraltes Fahrrad. Ob das überhaupt noch funktionstüchtig war? Daneben befand sich ein großer Korb mit verschiedenen Bällen; vermutlich alles welche, die der Hausmeister über Monate in den Büschen auf dem Schulgelände gefunden hatte. Dafür waren es recht viele, fand Isabel. Denn die Schüler dieses Internats waren nicht gerade für ihre Sportbegeisterung bekannt.

Entsprechend gab es ein ganzes Regal nur mit Schachspielen. Seo-Yun erinnerte sich: Bestimmt stammten die von dem Schachturnier auf dem Sommerfest letztes Jahr. Aber wieso sie hier lagerten, wusste sie auch nicht.

„Hast du etwas gefunden?", fragte sie nun Isabel, die an einem Schrank gerade jede Schublade einzeln aufzog.

„Nichts", antwortete Isabel resigniert. „Nur so etwas hier."

Sie pulte einen Federball aus der Schublade und hielt ihn in die Höhe. „Hast du je jemanden in der Schule Federball spielen sehen?"

Seo-Yun lächelte. „Als Sport heißt es Badminton. Und ja. Neben Schwimmen ist es mein Lieblingssport. Ich spiele es manchmal in der Halle."

„Echt jetzt?", fragte Isabel verwundert. „Mit wem?"

„Shiva", antwortete Seo-Yun. Shiva war ein Junge, mit dem Seo-Yun einige Programmierkurse besuchte.

„Und was heißt *manchmal?*", fragte Isabel nach. „Wie oft habt ihr schon gespielt?"

„Bestimmt schon drei Mal", antwortete Seo-Yun stolz.

Isabel zog kurz die Augenbrauen hoch, denn sie wusste, dass Seo-Yun bereits seit über einem Jahr hier auf dem Internat war. Doch sie sagte nichts weiter, warf den Federball zurück in die Schublade und zog die nächste auf.

„Beim Sokrates!", rief sie wieder aus.

Seo-Yun wurde sofort hellhörig. Wenn Isabel erstaunt den Namen ihres Lieblingswissenschaftlers ausrief, dann war etwas passiert. „Hast du was gefunden?"

„Allerdings", antwortete Isabel. „Sieh dir das an!"

Sie kramte etwas aus der Schublade hervor.

Seo-Yun erkannte sofort, was es war: „Ein Stück von einem Drohnenpropeller!“

„Richtig“, antwortete Isabel. „Hier in der Schublade liegt die ganze Drohne! Beziehungsweise das, was von ihr übrig ist.“

„Wir müssen den Jungs Bescheid geben“, sagte Seo-Yun.

Gerade wollte sie zu ihnen in den Vorraum gehen, als Paul und Daniel sie fast umgerannt hätten.

„Schnell!“, zischte Daniel ihr zu. „Versteckt euch. Da kommt jemand!“

Seo-Yun war so überrumpelt, dass sie erst mal die Schrecksekunde überwinden musste, während Daniel und Paul Isabel informierten und sich schon hektisch nach einem Versteck umsahen.

„Da rein!“ Paul zeigte auf einen Schrank, der nur etwas höher war als er selbst und viel zu schmal für zwei Personen.

„Da passt nur einer rein“, stellte Daniel sofort fest.

Paul riss die Tür auf, zwängte sich in den Schrank und zog die Tür von innen zu.

Seo-Yun erkannte, dass der hintere Raum zu klein war für vier Verstecke. Sie krabbelte in den Vorraum und verkroch sich dort unter den Schreibtisch.

Daniel sah auf die Schnelle keine andere Möglichkeit: Er presste sich seitlich an das große Regal, machte sich so dünn wie möglich und konnte nur hoffen, in dem wenigen Licht, das vom Flur bis hier nach hinten drang, nicht entdeckt zu werden.

Isabel beobachtete, wie sich die anderen drei verkrümelten, und hatte selbst nicht die geringste Idee, wo sie sich hier auch noch verstecken sollte.

„Du musst verschwinden!“, flüsterte ihr Daniel hektisch zu.

„Das weiß ich selbst“, gab Isabel zurück.

Aber wohin nur?

Da entdeckte sie etwas. In einer Ecke des Raumes stand eine Flipchart-Tafel. Die sah zwar sehr wackelig aus, was vermutlich der Grund war, weshalb sie überhaupt hier stand. Sicher musste an ihr irgendetwas repariert werden. Doch das spielte in diesem Moment keine Rolle. Isabel hastete hinüber in die Ecke und stellte sich hinter die Tafel, die mit dem Papierblock nur auf einem dünnen Gestell stand. So konnte man unten Isabels Beine sehen. Aber nur, wenn man genau hinsah. Zum Glück trug sie eine schwarze Hose, die in der dunklen Ecke fast vollständig verschwand. Es war gut, dass Paul sich mit seinem auffälligen, strahlend weißen Schutzanzug im Schrank verkrochen hatte.

Alle vier verhielten sich in ihren Verstecken mucksmäuschenstill.

Aber es passierte – nichts.

Allmählich wurde Isabel ungeduldig.

„War das ein Fehlalarm?", wagte sie nach einiger Zeit flüsternd in den Raum hineinzufragen.

„Nein", antwortete Daniel vom Regal aus. „Wir haben einen Lichtkegel auf dem Flur gesehen."

„War das wieder Dr. Greedy?", wollte Isabel wissen.

„Nein", sagte Daniel erneut. Zu weiteren Antworten blieb keine Zeit. Schon leuchtete der Lichtstrahl durchs Fenster und geradewegs durch die Zwischentür direkt auf das Regal, an dessen Seite sich Daniel gepresst hatte.

Abrupt verstummte er und hielt den Atem an. Kleine Angstschweißperlen bildeten sich auf seiner Stirn, als er mit dem Blick verfolgte, wie der Lichtstrahl langsam am Regal entlang in seine Richtung wanderte.

Daniel starrte auf den Lichtstrahl, der immer näher kam. Dennoch bewegte er sich nicht.

Ruhe bewahren!, befahl er sich innerlich. Auch, wenn er sich vor Angst fast in die Hose gemacht hätte. Nur noch wenige Zentimeter, und sein Gesicht würde angestrahlt werden wie auf einer Theaterbühne. Doch genau in dem

Augenblick, in dem Daniel sicher war, dass er aufgeflogen und alles aus war, da – brach der Lichtstrahl ab!

Daniel ahnte, wieso. Die Zwischentür war zu schmal. Der Lichtstrahl kam jetzt nur noch bis zum Türrahmen und reichte nicht mehr in den hinteren Raum hinein.

Nun war die spannende Frage: Würde der Unbekannte seinen Standort ändern, um weiter nach hinten einsehen zu können, oder gar versuchen, ins Hausmeisterbüro hineinzukommen? Oder war er zufrieden und ging wieder?

Daniel holte kurz Luft und hielt dann vor lauter Spannung erneut die Luft an.

Er konnte den Lichtstrahl nicht mehr sehen. War er nur aus seinem Blickfeld geraten? Oder hatte der Fremde die Lampe ausgeknipst?

Daniel hatte keine Ahnung. Starr wie eine Salzsäule blieb er am Regal stehen.

Er wusste nicht, wie lange er so dastand. Jegliches Zeitgefühl war ihm verloren gegangen. Und auf seine Uhr zu schauen, traute er sich nicht. Das wäre viel zu viel Bewegung. Doch dann kam irgendwann die Entwarnung.

Er hörte Seo-Yuns Stimme, die ihnen zurief: „Er ist fort!"

Daniel atmete auf.

Isabel kam aus ihrem Versteck hervor und fragte Daniel: „Bist du sicher, dass es nicht Dr. Greedy war?"

„Ja", antwortete Daniel. „Ganz sicher. Ich bin mir sicher, den Mann noch nie gesehen zu haben."

„Ein Mann?", fragte Seo-Yun nach.

Daniel nickte. „Ja. Er hat sich nicht die Mühe gemacht, sein Gesicht zu verbergen."

„Dann war es kein Dieb, der hier durch die Flure schleicht?"

„Vermutlich nicht", antwortete Daniel. „Aber zur Schule

gehört er auch nicht. Ich hab ihn jedenfalls noch nie zuvor gesehen. Oder? Was meinst du, Paul?“

„Paul?“, wiederholte Isabel.

Alle drei sahen sich verwundert um. Wo war Paul?

„Ist der etwa noch …?“, murmelte Isabel vor sich hin, ging zu dem Schrank, in den Paul sich verkrochen hatte, öffnete mit einem Ruck die Tür und sah, wie Paul erschrocken zusammenfuhr. „Huch!“

„Ich bin's“, beruhigte Isabel ihn. „Hast du uns etwa nicht gehört?“

„Nein“, antwortete Paul. „Unter dieser Schutzausrüstung hört man nicht so gut. Außerdem war ich im Eidechsen-Modus.“

„Im was?“, hakte Isabel nach.

„Eidechsen-Modus“, wiederholte Paul, als wäre es das Selbstverständlichste der Welt. „Wenn mir etwas unangenehm ist – eine lange Reise ohne passende Bücher zum Beispiel –, dann begebe ich mich in den Eidechsen-Modus: Ich fahre sämtliche Körperfunktionen auf ein Minimum herunter und nutze nur noch die nötigsten Funktionen: Atmen und Körpertemperatur halten. Der Rest ist stillgelegt.“

„Blödmann“, warf Isabel ihn an den Kopf. „So etwas können Menschen nicht.“

„Ich weiß“, gab Paul zu. „Aber wenn man sich das ganz streng einredet, dann übersteht man blöde Zeiten damit trotzdem ganz gut.“

„Komm raus jetzt, du Leguan“, flachste Isabel.

„Ich stelle mir immer eher einen Gecko vor“, korrigierte Paul. „Aber vorher muss ich euch noch etwas zeigen.“

Er trat einen Schritt vor, aus dem Schrank heraus, drehte sich um, zog ein weiches Tuch aus einer Tasche seines Schutzanzugs, benutzte es wie einen Handschuh und zog damit etwas aus dem Schrank heraus, das hinter ihm an einem Haken gehangen hatte. Es sah aus wie eine lange, schmale Tasche.

„Was ist das?“, fragte Daniel.

„Eine Tasche für ein Gewehr“, antwortete Paul.

Er zeigte in den Schrank hinein. „Und da ist die Halterung. In diesem Schrank hatte Klefuß ein Gewehr eingeschlossen. Offenbar war der Schrank nur deshalb offen, weil er das Gewehr herausgenommen hat.“

„Und wo ist es jetzt?“

Paul zuckte mit den Schultern. „Keine Ahnung. Vielleicht hat Herr Klefuß es bei sich?“

Kapitel 8: Drohne und Gewehr

Sie hatten mehr, als sie gesucht hatten: nicht nur die Drohne, sondern zudem noch einen Beweis, dass der Hausmeister ein Gewehr besaß und es offenbar auch benutzt hatte. Isabel hatte also recht gehabt. Die Drohne war nicht aus heiterem Himmel explodiert. Sie war gezielt abgeschossen worden, und zwar offenbar vom Hausmeister!

Bisher hatten die vier nicht entfernt daran gedacht, dass Herr Klefuß ein Gewehr besitzen könnte.

Jetzt stand nur noch der letzte Beweis aus, dass die Drohne auch tatsächlich mit *diesem* Gewehr abgeschossen worden war. Um diesen Beweis zu erbringen, mussten sie entweder das Gewehr oder wenigstens ein paar abgeschossene Patronenhülsen finden, die eindeutig diesem Gewehr zuzuordnen waren. Trotzdem gingen sie vorerst davon aus, dass es wirklich der Hausmeister gewesen war, der geschossen hatte.

„Das passt auch gut damit zusammen, dass er seitdem verschwunden ist", sagte Paul. „Die Frage bleibt nur: Wieso? Weiß der Hausmeister mehr als offenbar manch andere in der Schule? Was hatte er gegen die Drohne einzuwenden? Von wem kam sie? Lauter unbeantwortete Fragen."

„Um die wir uns ab morgen kümmern sollten", schlug Daniel vor. „Ehrlich gesagt, bin ich ziemlich müde. Und morgen schreiben wir eine Matheklausur. Ich hätte heute eigentlich den ganzen Tag lernen müssen, statt einen mysteriösen Fall zu verfolgen."

„Was muss man denn für Mathe lernen?", fragte Seo-Yun, entschuldigte sich aber sofort für ihre Bemerkung. Sie wusste, dass Daniels Stärken auf anderen Gebieten lagen. Und auch, dass die Matheklausuren es an dieser Schule in sich hatten und sogar schwieriger waren als an normalen Schulen die Matheprüfungen fürs Abitur. Schließlich galten an dieser Schule alle als hochbegabt. Seo-Yun musste für Mathe trotzdem nie lernen.

Daniel hatte die Bemerkung sowieso überhört. Und den anderen ging es wie ihm: Sie waren hundemüde.

Zuvor mussten sie nur noch die Drohne gut verstecken.

Und zwar so gut, dass auch niemand zufällig darauf stoßen konnte. Außerdem streunte in dieser Nacht ja immer noch irgendein Unbekannter durch die Schule. Niemand wusste, wer das war, wo er sich jetzt gerade aufhielt und vor allem, was er suchte.

„Wir brauchen ein wirklich gutes Versteck", sagte Isabel.

Aber das war für Daniel überhaupt keine Frage. „Wozu haben wir unseren neuen Geheimraum?", fragte er in die Runde.

Seo-Yun und Isabel stimmten ihm sofort zu. Das war wirklich eine gute Idee.

Nur Paul blieb skeptisch und gab zu bedenken: „Wir haben noch keine Möbel in dem Raum, könnten beides also nur offen hineinlegen."

Daniel nickte. „Na und? Macht doch nichts."

„Du hast zwar den Raum nur zufällig entdeckt und Wochen gebraucht, um herauszubekommen, wie man ihn öffnet", erinnerte Paul ihn. „Aber das ist kein Beweis, dass außer dir – beziehungsweise außer uns vieren jetzt – niemand von dem Raum weiß."

Daniel schaute seinen Freund verwundert an.

„Du meinst …?", begann er, brach ab und setzte erneut an: „Du glaubst, dass …?" Wieder brach er ab. Und brummte schließlich: „Stimmt!"

„Aber unwahrscheinlich", warf Seo-Yun ein. „Ich halte es immer noch für das beste Versteck. Außerdem: Selbst wenn irgendjemand den geheimen Raum ausgerechnet in dieser Nacht entdecken und die Drohne darin finden sollte, könnte man sie unmöglich mit uns in Verbindung bringen. Auf jeden Fall besser, als wenn wir sie einfach nur bei uns unters Bett schieben oder so."

Das war das entscheidende Argument.

„Geht ihr ins Bett, ich bringe die Drohne in den Raum", schlug Daniel vor.

„Ich komme mit", bot Paul sich an.

Seo-Yun und Isabel schauten Paul mit skeptischem Blick an.

„Was?", fragt er.

„Du trägst immer noch den hellen, unbequemen Schutzanzug", stellte Isabel fest.

„Na und? Kein Problem", gab Paul zurück.

Isabel zuckte mit den Schultern, verständigte sich per Blickkontakt mit Seo-Yun und stimmte dann zu. „Also gut, wir Mädchen gehen schlafen. Danke. Wir sehen uns dann morgen."

Die zwei Jungs verabschiedeten sich von den Mädchen.

Seo-Yun und Isabel gingen die Treppe hinauf zu ihrem Zimmer, Paul und Daniel schlichen weiter durch den langen dunklen Flur rüber in den Mozart-Flügel zu Kreys Arbeitszimmer, das wie immer nicht abgeschlossen war.

Daniel knipste kein Licht an. Obwohl das Arbeitszimmer keine Fenster hatte, erschien es ihm zu riskant, hier drinnen Licht zu machen. Stattdessen nutzte er die kleine Taschenlampe an seinem Smartphone, zog die Mozart-Biografie aus dem Regal, und beide – Daniel und Paul – huschten durch die sich öffnende Geheimtür in den Raum dahinter.

Obwohl er nicht mal ansatzweise damit rechnete, dass noch in dieser Nacht jemand in dieses Arbeitszimmer kommen würde, schloss Daniel die Geheimtür hinter sich vorsichtshalber wieder. Dann legte er die zerschossenen Drohnenteile in die hintere Ecke des Raumes.

Paul wartete, dass Daniel den Öffnungshebel betätigte.

Doch Daniel zögerte.

„Was ist?", fragte Paul.

„Moment noch", antwortete Daniel.

Er hatte den anderen, als sie das erste Mal den Raum betreten hatten, schon die Überwachungskamera gezeigt, mit deren Hilfe man vom Geheimraum aus ins Arbeitszimmer schauen konnte, um vor bösen Überraschungen gewappnet zu sein, wenn man wieder herauskam.

Daniel schaltete jetzt den kleinen Monitor an und

schaute über die kleine, versteckte Cam in den Raum vor ihnen.

Paul machte sich schon lustig. „Das ist jetzt nicht dein Ernst, oder? Es ist mitten in der Nacht! Wer sollte denn jetzt …?“

Daniel brachte Paul mit einer Handbewegung zum Schweigen und sah ihn mit ernster Miene an. „Du wirst es nicht glauben, aber sieh selbst!“

„Was?“, fragte Paul.

„Psst!“, mahnte Daniel.

„Was ist?“, wiederholte Paul seine Frage, diesmal geflüstert.

Dann schaute er auf den Bildschirm und sah, dass Professor Krey gerade sein Arbeitszimmer betreten und das Licht angeknipst hatte und sich jetzt an seinen Schreibtisch setzte.

„Was macht der denn hier?“ Paul sah fassungslos auf seine Armbanduhr. „Um diese Zeit, mitten in der Nacht?“

Daniel zuckte mit den Schultern. Auch er hatte keine Ahnung.

Professor Krey legte ein paar lose, dicht mit Bleistift beschriebene Notenblätter vor sich auf den Tisch, holte aus einer Schublade ein großes Notenheft, schlug es auf und blätterte vor, bis eine Seite auftauchte, die nur bis zur

Hälfte beschrieben war. Aus einer andere Schublade holte er einen Füllfederhalter hervor und begann, die Noten von den losen Blättern in das Heft abzuschreiben.

„*Oh no! I don't believe it* – ich glaub das nicht!", stöhnte Daniel.

„Was?", fragte Paul. „Was tut er da?"

„Er komponiert!", antwortete Daniel. „Besser gesagt: Er überträgt seine Komposition von der Skizze in Reinschrift in sein Heft."

Paul konnte es ebenfalls nicht glauben. „Wie? Was? Was soll das heißen? Wer komponiert denn ohne Klavier? Und notiert seine Noten ohne Computerprogramm?"

„Professor Krey", sagte Daniel. „Weißt du doch: ein Lehrer der … Wie sagt man? … der *alten Schule*. Noten im Computerprogramm, das kommt für ihn nicht infrage! Er hat offenbar heute Nachmittag oder in den letzten Tagen komponiert und schreibt das jetzt sauber in sein Heft."

„Jetzt?" Paul war immer noch fassungslos.

„Ja", bestätigte Daniel. „Und wie du siehst, hat er mindestens sieben oder acht lose Blätter bei sich. Das kann dauern, ehe er fertig ist."

Paul begriff. „Und so lange kommen wir hier nicht heraus."

Er schnaufte einmal tief durch und zog dann endlich

seinen Strahlenschutzanzug aus. Darunter trug er seine normale Kleidung. Er legte sich auf den kahlen Holzfußboden und knüllte den Schutzanzug zu einem Kopfkissen zusammen.

„Was tust du da?“, fragte Daniel.

„Ich versuche zu schlafen“, antwortete Paul. „Was soll ich sonst hier tun, während wir warten?“

Paul hatte recht, fand Daniel. Dennoch fragte er: „Kann ich deine Stirnlampe haben?“

Paul gab sie ihm.

Daniel band sie sich um den Kopf, setzte sich in eine Ecke, kramte ein kleines Notizbüchlein sowie einen Bleistift aus seiner Hosentasche und fing an zu zeichnen.

„Willst du nicht schlafen?“, fragte Paul.

„Ich will ein Phantombild von dem Mann zeichnen, den ich vorhin im Flur beobachtet habe“, antwortete Daniel. „Vielleicht sehen wir ihn in den nächsten Tagen wieder, oder jemand kennt ihn.“

„Gute Idee!“, lobte Paul. „Gute Nacht.“

Es war zwei Uhr morgens, als Professor Krey endlich mit seinem Notenheft fertig war. Trotzdem ging er noch nicht. Paul und Daniel hätten es auch gar nicht mitbekommen. Denn Paul war sofort und Daniel eine halbe Stunde später todmüde eingeschlafen. Daniel hatte gerade noch seine Skizze des Phantombilds fertigbekommen.

Aufgewacht waren sie nun durch Flötentöne! Leise genug wohl, um nicht die ganze Schule aufzuwecken, aber immer noch laut genug, um Paul und Daniel aus ihrem unruhigen, weil unbequemen Schlaf zu reißen.

Daniel schreckte hoch, während Paul nur langsam aus seinem Tiefschlaf erwachte. Im ersten Moment hatte er die Flötentöne in seinen Traum miteingebaut. Plötzlich hatte er

sich im Traum als Superdetektiv auf einem Marktplatz in Delhi gesehen und argwöhnisch einen Schlangenbeschwörer beobachtet, der gerade seine Schlange zum „Tanzen" brachte. Superdetektiv Sherlock Paul hegte den Verdacht, dass in dem Schlangenkorb ein wertvoller gestohlener Smaragd versteckt wurde – als Daniel ihn wach rüttelte.

Paul schlug die Augen auf. Der Marktplatz von Delhi war ebenso verschwunden wie der Schlangenbeschwörer, aber die Flötentöne waren geblieben.

„Was ist los?", fragte Paul schlaftrunken.

„Krey ist fertig mit seinen Noten", flüsterte Daniel ihm zu. „Aber nun sieh dir das an!"

Pauls Blick fiel auf den Monitor der kleinen Überwachungskamera. Darauf sah er, wie Krey tatsächlich im Schneidersitz auf dem Schreibtisch saß und auf einer Pungi herumdudelte, dem typischen Einfachrohrblattinstrument der indischen Schlangenbeschwörer.

„Oh Mann!", stöhnte Paul auf. „Hat der nachts nichts Besseres zu tun?"

Daniel stimmte ihm zu. „Ich finde es ja grundsätzlich gut, dass Professor Krey uns viele unbekannte Instrumente der Welt zeigt. Aber dass er gerade jetzt darauf üben muss!" Paul schaute missmutig auf seine Uhr. „Oh Mann, ich will ins Bett!"

Das ging Daniel ebenso. Aber sie konnten nichts machen, als weiter zu warten.

Eine halbe Stunde später war Daniel gerade dabei, wieder wegzunicken, als er hochschreckte, weil das Gefiepe der Pungi aufhörte.

Ein Blick zum Monitor ließ sein Herz höherschlagen: Professor Krey stellte die Pungi beiseite, rutschte vom Schreibtisch hinunter, ging zur Tür, löschte das Licht und – verließ sein Arbeitszimmer.

„Endlich!", stieß Daniel voller Freude aus. Und rief dann rüber zu Paul: „Paul! Aufwachen! Er ist weg!"

„Hä?" Paul war längst wieder eingeschlafen und hatte trotz der fiependen Töne soeben angefangen zu träumen, dass ein schottischer Dudelsackpfeifer auf dem Marktplatz von Delhi versuchte, die Schlangen einzufangen wie einst der Rattenfänger von Hameln die Kinder. Der schottische Dudelsackspieler war niemand anderes als Paul selbst.

„Lasst mir meinen Dudelsack!", rief Paul.

Daniel schreckte zurück. „Was hast *du* denn geträumt?"

Paul schüttelte sich, rieb sich die Augen und fragte: „Was ist los?"

Daniel erklärte es ihm und fügte hinzu: „Wir warten noch fünf Minuten, dann gehen wir."

„Endlich", sagte Paul. Er stand auf, rieb sich seinen vom

harten Boden schmerzenden Rücken und behielt den Monitor im Auge.

„Und du hast im Traum echt Dudelsack gespielt?“, fragte Daniel grinsend.

Paul nickte. „Gar kein so schlechtes Instrument“, antwortete er lächelnd.

Um kurz vor drei Uhr nachts lagen Daniel und Paul endlich in ihren Betten und schliefen sofort tief und fest ein.

Doch nur vier Stunden später klingelte schon wieder der Wecker.

„Oh verdammt!“, klagte Daniel. Sofort schoss ihm seine Matheklausur in den Kopf. „Wie soll man Mathe schreiben, wenn einem die Augen vor Müdigkeit zufallen?“

Paul wusste es auch nicht und war froh, einen anderen Mathekurs als Daniel belegt zu haben. Auch er schälte sich hundemüde aus dem Bett. Doch an ihrem Ritual änderte es nichts.

Wie jeden Morgen hatten sie sich um 06:30:00 Uhr wecken lassen und standen fünf Minuten später auf. Paul schlüpfte in seine Hausschuhe und schlurfte ins Bad, das er pünktlich um 06:50:00 Uhr wieder verlassen wollte, um Daniel hineinzulassen, der es dann bis 07:05:00 Uhr nutzte.

Doch an diesem Morgen hörte Daniel aus dem Bad einen schrillen Aufschrei.

Daniel sprang ins Bad, um zu sehen, was geschehen war.

„Was ist passiert?“, fragte er aufgeregt.

„Das heiße Wasser funktioniert nicht, verdammt!“, fluchte Paul.

„Dann waschen wir uns eben kalt“, kündigte Daniel mutig an.

Er ging vor zum Waschbecken und schob Paul sanft beiseite. Um es ihm vorzumachen, fing er mit beiden Händen etwas Wasser auf und schlug es sich ins Gesicht.

„Himmel!“, quiekte er auf. „Das ist ja *eis*kalt!“

„Hab ich doch gesagt!“, behauptete Paul.

Daniel schüttelte sich wie eine Katze, die versehentlich unter einen Wasserstrahl geraten war.

„Aber doch nicht soooo kalt!“, beschwerte sich Daniel.

„Immerhin macht es wach“, sagte Paul. Er klatschte sich nun ebenfalls eine Ladung eiskaltes Wasser ins Gesicht, quiekte ebenso auf wie Daniel vor ihm, behauptete danach aber: „Ahhh! Herrlich!“

„Spinnst du?“, fragte Daniel. „So kalt darf eine Cola sein, aber doch bitte kein Wasser, das man sich ins Gesicht spritzt. So kalt ist bei uns in Jamaika nicht mal das Meer im tiefsten Winter!“

„Ich weiß“, antwortete Paul lachend. „Durchschnittliche Wassertemperatur 25 Grad. Das haben wir in unseren Schwimmbädern nur, wenn zu viele Kleinkinder reingepinkelt haben!“

„Ihhhh!“, quiekte Daniel erneut auf.

Paul schlug sich vor Lachen mit den nassen Händen auf die Schenkel.

Daniel beließ es dabei, sich nur ein einziges Mal Wasser ins Gesicht gepatscht zu haben. Ebenso wie Paul putzte er sich noch die Zähne.

Aber natürlich erst, nachdem Paul fertig war. An ihrem Ritual wollten sie so wenig ändern wie möglich. Und das bedeutete, dass erst Paul seine Morgentoilette beendete, danach Daniel.

Anschließend zogen sie sich an und gingen wie jeden Morgen gemeinsam zum Frühstück in die Mensa.

Pünktlich um kurz nach sieben trafen sie im Frühstücksraum auf die Mädchen.

Daniel hatte seine Phantomzeichnung mitgebracht und legte sie Isabel und Seo-Yun auf den Tisch.

„So sah der Mann aus, den ich gestern Nacht auf dem Flur gesehen habe.“

Isabel und Seo-Yun betrachteten das Bild.

Seo-Yun blickte plötzlich auf, schaute wieder auf das

Bild, dann wieder auf. Schließlich sah sie Daniel an und fragte: „Wirklich? Denn der steht da vorn an der Tür!“

Isabel und die zwei Jungs schauten ruckartig zum Eingang der Kantine. Und tatsächlich. Da stand ein Mann, der eben noch nicht da gewesen war und der Zeichnung bestechend ähnlich sah. Neben dem Mann tauchte in diesem Moment der stellvertretende Direktor Dr. Greedy auf. Er lächelte dem Mann zu und klopfte ihm kurz auf die Schulter. Dann betrat er die Kantine, hob die Hände und rief: „Liebe Schülerinnen und Schüler. Ich bitte mal kurz um eure geschätzte Aufmerksamkeit!“

Alle im Saal verstummten. Selbst die Essensausgabe wurde unterbrochen.

Innerhalb weniger Sekunden war es mucksmäuschenstill geworden. Alle Blicke waren auf Dr. Greedy gerichtet.

„Manche von euch haben ja vermutlich schon bemerkt, dass seit gestern unser lieber, fleißiger Hausmeister Herr Klefuß nicht mehr da ist. Er hat sich gestern krankgemeldet. Es scheint, dass es leider etwas Ernstes ist und Herr Klefuß für längere Zeit fehlen wird. Mehr darf ich aus Datenschutzgründen nicht sagen. Nur so viel: Er hat sich beurlauben lassen und ist auf unbestimmte Zeit zu seiner Schwester gezogen. Wir wünschen ihm alles Gute und schnellste Genesung. Und sicher werden eure Lehrkräfte in den nächsten Tagen auf euch zukommen, um gemeinsam zu überlegen, in welcher Form wir ihm unsere besten Grüße zukommen lassen können. Aber unser Betrieb muss ja weiterlaufen. Deshalb freut es mich, dass wir nahezu blitzartig einen Kollegen finden konnten, der so schnell zur Verfügung stand, dass er schon ab heute die Vertretung von Herrn Klefuß übernehmen kann. Ich darf euch also vorstellen …"

Der Mann, den Daniel in der Nacht zuvor auf dem Flur hatte herumschleichen sehen, stellte sich neben Dr. Greedy.

„… Herr Stilke!" Dr. Greedy zeigte auf den fremden Mann und klatschte Beifall, in den nun alle Anwesenden einstimmten.

Der neue Ersatzhausmeister trat hervor, nickte etwas schüchtern, stellte sich noch mal vor und endete mit den Worten: „Ich werde also zu den gewohnten Zeiten für euch da sein. Wenn es noch Fragen gibt …"

„… dann können die Schüler sich jederzeit an Sie wenden", fiel ihm Dr. Greedy ins Wort. „Ja, vielen Dank. Also, weiter wollten wir nicht stören. Ihr wisst Bescheid. Nun frühstückt schnell weiter, damit ihr alle rechtzeitig im Unterricht seid."

Dr. Greedy verließ zusammen mit dem neuen Hausmeister die Kantine so plötzlich, wie er gekommen war.

Isabel, Seo-Yun, Paul und Daniel sahen sich ungläubig an.

„Das ging ja schnell", kommentierte Daniel.

„Schlimme Krankheit?", fragte Isabel. „Und kein Krankenhaus in der Umgebung hat ihn aufgenommen?"

„Und er schießt unmittelbar davor aber noch eine geheimnisvolle Drohne ab, sammelt die Trümmer penibel auf und wird dann von einer Sekunde auf die andere so schwer krank, dass er auf unbestimmte Zeit fortbleibt? Und zwar nicht nur vom Schuldienst, sondern auch von zu Hause?" Paul schüttelte den Kopf. „Das ist ein klarer Fall: Hier stimmt etwas ganz und gar nicht. Wir müssen dem weiter nachgehen."

Die anderen drei nickten ihm zu.

„Okay", sagte Daniel. „Mein Phantombild kann ich also vergessen. Das Phantom ist leibhaftig vor uns erschienen."

Paul aber fiel noch etwas ganz anderes ein.

„Wo wird der neue Hausmeister denn wohnen?", fragte er in die Runde. „Zieht der etwa in die Hausmeisterwohnung? Dann müssen wir uns beeilen, wenn wir dort noch Hinweise zum Verbleib von Herrn Klefuß finden wollen."

Paul hatte recht! Sie hatten ja von vornherein vorgehabt,

sich auch in der Hausmeisterwohnung umzusehen. Aber nachdem sie im Büro fündig geworden waren, hatten sie diesen Plan erst einmal verschoben. Nun aber drängte wieder die Zeit, wenn sie noch Hinweise finden wollten.

Sie verabredeten sich für die Mittagspause, um weitere Planungen vorzunehmen. Doch jetzt mussten sie erst einmal in den Unterricht. Besonders Daniel, dem die Mathearbeit bevorstand.

Daniel stöhnte auf. Er wusste nicht, wie er das schaffen sollte. Er konnte kaum die Augen offen halten vor Müdigkeit. Tapfer schleppte er sich in den Studienraum, in dem die anderen Mitschüler seines Kurses schon voller Spannung und Vorfreude auf den Mathelehrer Herrn Matthies warteten.

Daniel war der Einzige, dem diese Klausur überhaupt nicht passte. Nicht nur, weil er fast die ganze Nacht kein Auge zugetan hatte, sondern auch, weil ihn Mathe eigentlich nicht interessierte. Doch als leidenschaftlicher Zeichner und Biologe wollte er sich zumindest die Möglichkeit offenhalten, später einmal Architekt – vielleicht für ökologischen Wohnungsbau – werden zu können. Und dazu brauchte es eben Mathe.

Es kam wie befürchtet.

Herr Matthies trat ein, begrüßte die Schüler, teilte die

Aufgabenzettel aus, setzte sich zur Aufsicht vorn ans Pult, und Daniel – fielen die Augen zu. Er merkte gar nicht, wie sein Kopf schlaftrunken langsam auf den Tisch sank, seine Wange sich auf den Aufgabenzettel drückte und er selig wegschlummerte.

Doch bevor Herr Matthies ihn entdeckte und ermahnen konnte, schreckte Daniel durch einen lauten Knall und den Aufschrei seiner Mitschüler aus dem Schlaf hoch. Er brauchte einen Moment, um wach zu werden, dann schaute er sich verwirrt um und sah, wie Herr Matthies fassungslos vor einem zersplitterten Fenster stand. Soeben hatte irgendein Unbekannter einen dicken Stein durch die Scheibe ins Studienzimmer geschleudert. Aufgebracht schaute Herr Matthies hinaus auf die Felder und den schmalen Weg, der unten am Haus entlangführte.

„Niemand zu sehen", stellte er fest. „Das gibt es doch nicht. Was war denn das?"

Ein Schüler hob den Stein auf, der direkt vor ihm auf dem Tisch gelandet war, und zeigte ihn dem Lehrer.

„Das ist ja ein halber Pflasterstein!", rief Herr Matthies entsetzt. „Der hätte jemanden schwer verletzen können!" Herr Matthies war rot angelaufen, schnappte nach Luft, schüttelte den Kopf und schien kurz sprachlos vor Empörung.

Doch dann entschied er: „Schluss! Aus! Geht in eure Zimmer oder zum Arbeiten in die Bibliothek. Die Klausur wird verschoben. Ich werde Dr. Greedy informieren. Und ich werde die Polizei einschalten. Unfassbar. So etwas ist mir noch nicht untergekommen!"

Er wartete, bis alle Schüler den Raum verlassen hatten, bevor er losging, um den neuen Hausmeister und den stellvertretenden Direktor zu informieren.

Auch Daniel war erschüttert über den Stein-Anschlag im Studienzimmer. Aber die Verschiebung der Klausur kam ihm sehr recht. Obwohl seine Müdigkeit in diesem Augenblick vor lauter Aufregung verflogen war. Über diesen Vorfall musste er am Mittag unbedingt die anderen unterrichten.

Doch er brauchte gar nicht bis zur Mittagspause warten. Als er auf dem Weg zu seinem Zimmer war, kamen ihm im Flur Seo-Yun und Isabel entgegen.

Daniel erzählte ihnen sofort, was geschehen war.

Die beiden Mädchen sahen sich verwundert an.

„Merkwürdig", sagte Isabel. „Bei uns gab's im Chemie-Experiment eine Stichflamme, weil der Schlauch eines Bunsenbrenners porös war. Um ein Haar hätte Professorin Schneider einen schlimmen Unfall erlitten!"

„Das *um ein Haar* darfst du wörtlich nehmen", ergänzte

Seo-Yun. „Ihr wurde nämlich der Pony abgesengt. Aber zum Glück nur der.“

„Poröser Schlauch?“, fragte Daniel nach.

Isabel wusste, weshalb Daniel gerade danach fragte. An der Schule galten die höchsten Sicherheitsstandards. Regelmäßig wurden die Apparaturen überprüft. Einen zu alten und deshalb porösen Schlauch konnte es im Chemieraum eigentlich nicht geben.

„Du denkst an Sabotage?“, fragte Isabel.

Daniel nickte. „In Zusammenhang mit dem Vorfall bei uns gerade, ja.“

In dem Moment kam Paul aufgeregt den Flur entlanggelaufen. „Hey, Leute! Jetzt ist es passiert! Dem Krey ist etwas gestohlen worden!“

Sie alle wussten, was der Professor immer wieder betonte: Sollte ihm in dieser Schule je etwas geklaut werden, würde er sofort kündigen! Deshalb schloss er sein Büro nie ab. Und jetzt war er tatsächlich bestohlen worden?

„Professor Krey hatte die Notizen seiner Komposition auf dem Flügel im Musikraum liegen lassen. Er wollte sich nur kurz einen Kaffee holen. Als er wiederkam, waren die Noten fort. Der alte Krey ist so empört, dass unsere Stunde bei ihm danach nun ausfällt.“

Isabel unterrichtete Paul schnell, was den anderen widerfahren war, und fasste zusammen: „Drei Vorfälle innerhalb einer Stunde. Drei Vorfälle, die an dieser Schule so noch nie vorgekommen sind. Und das unmittelbar nach dem Auftauchen der Drohne und dem Verschwinden des Hausmeisters. Das hängt alles miteinander zusammen!"

„Wir müssen endlich handeln", forderte Seo-Yun. „Und keine Zeit mehr verlieren."

„Treffen im Raum 4?", fragte Daniel.

Doch Seo-Yun schüttelte den Kopf. „Nein! Wir dürfen keine Zeit verlieren. Ich untersuche die Drohne. Und Daniel versucht, anhand seines Phantombildes im Internet zu recherchieren, wer dieser Herr Stilke eigentlich ist und wo er herkommt.

„Phantombild?", wiederholte Daniel. „Ich hab natürlich die Gelegenheit in der Kantine genutzt und Herrn Stilke heimlich mit dem Smartphone fotografiert."

„Gut gemacht", lobte Paul. „Und ich erkundige mich, ob in der Schule heute noch mehr passiert ist."

Seo-Yun sah auf die Uhr. „Okay, jeder hat seine Aufgabe. Zum Mittagessen haben wir keine Zeit. Also treffen wir uns heute erst beim Abendessen wieder. Dort tragen wir unsere Ergebnisse zusammen."

„Und die Hausmeisterwohnung?“, fragte Paul.

„Die sehen wir uns danach an“, schlug Seo-Yun vor. „Ich hoffe mal, der Neue wird frühestens morgen einziehen.“

Kapitel 9: Ein mysteriöser Einbruch

So einfach war es nicht, Seo-Yuns Plan umzusetzen. Denn Daniel und Paul hatten die Drohne im geheimen Raum 4 liegen gelassen. Vor dem saß jetzt aber Professor Krey in seinem Arbeitszimmer und grämte sich noch immer darüber, dass ihm seine Noten gestohlen worden waren. Wenn sie unbemerkt in den Raum gelangen wollten, musste Professor Krey erst herausgelockt werden. Das sollte Seo-Yun übernehmen. Nur: Wie?

Genau darüber grübelten die vier in Daniels und Pauls Zimmer.

Daniel und Paul hockten auf Pauls Bett, die Mädchen auf Daniels Bett gegenüber.

An der Stirnseite des Zimmers unter dem Fenster standen die zwei kleinen Schreibtische der Jungs. Zwischen den beiden Betten befand sich ein kleiner Couchtisch, auf dem die vier ihre Getränke und eine Schüssel mit Erdnüssen abgestellt hatten, die sie während ihrer Besprechung knabberten.

„Das Klavier!", schlug Daniel schließlich vor und stellte sein Glas mit Mangosaft zurück auf den Tisch.

Es gehörte zum Pflichtunterricht für alle Schüler des Internats, Klavier und ein zusätzliches Instrument ihrer Wahl zu lernen. Daniel spielte noch Gitarre und eine jamaikanische Kareba. Seo-Yun hatte ihre Violine, Paul das Saxofon und Isabel die Kora, eine afrikanische Harfe mit 21 Saiten. Ein Instrument, das sie mal zu Hause bei der Nachbarsfamilie kennengelernt hatte, die aus Nigeria geflüchtet und in die Wohnung eine Etage über ihnen gezogen war. Da nur Professor Krey sich mit „exotischen" Instrumenten aus aller Welt auskannte oder sich zumindest dafür interessierte, hatte Isabel den Unterricht bei ihm. Aber wenn sie ihn jetzt bat, ihm etwas vorspielen zu dürfen, würde das in seinem Arbeitszimmer stattfinden. Das nützte den Kindern nichts.

„Es bleibt nur das Klavier", stellte Daniel fest.

Aber genau das war das Problem. Weil alle Schüler das Klavierspielen lernen mussten, gab es eigentlich keinen Einzelunterricht dafür; zumindest nicht bei Professor Krey. Dennoch hatte Daniel recht: Der große Flügel im

Musikraum war die einzige Möglichkeit, Professor Krey aus seinem Zimmer zu locken. Genau dorthin würde man ihn aber sicher nicht bewegen können, weil der Professor immer noch tief getroffen und verärgert über den Verlust seiner Noten war.

„Wir brauchen aber die Drohne!", drängte Seo-Yun. „Wieso habt ihr sie nicht heute Nacht in eurem Zimmer versteckt?"

Paul runzelte die Stirn und schaute Seo-Yun verständnislos an: „Was ist das denn bitte für eine Frage? Wir haben sie doch extra in dem Raum versteckt. Nur deswegen waren wir überhaupt dort! Wieso sollten wir sie dann wieder mitnehmen, nachdem es uns mehrere Stunden und viel Schlaf gekostet hat, sie dort hinzubringen?"

Da war etwas dran, musste Seo-Yun zugeben. Trotzdem seufzte sie auf. Ihnen musste etwas einfallen!

„Ich habe eine Idee", kündigte Daniel an. Er sprang von seinem Bett auf, suchte im Internet nach Noten für komplizierte Jazzstücke, zog aus seinem Regal ein Notenheft hervor und begann, Versatzstücke aus den verschiedenen Musikstücken per Hand abzuschreiben.

„Wozu machst du das?", fragte Paul. Er nahm einen Schluck aus seiner Coladose. Ein im Internat „verbotenes Getränk" wegen des Koffein-Gehalts und des hohen

Zuckeranteils. Aber Paul liebte Cola und hatte immer ein paar Dosen parat. Da sie in ihren Zimmern keinen Kühlschrank besaßen, versteckte Paul seinen Vorrat immer in einem der Labor-Kühlschränke hinter den Chemikalien.

Auch die Mädchen nippten an ihren Getränken, während sie auf Daniel warteten. Isabel trank am liebsten Tomatensaft mit einer Prise Pfeffer. Und Seo-Yun hatte sich wie so oft einen Waldmeistersaft mitgebracht, den sie vor allem wegen der grellgrünen Farbe liebte.

Endlich war Daniel so weit.

„Diese Noten lege ich im Musikraum auf den Flügel. Einer von euch informiert Professor Krey, dass er Noten gefunden hat. Krey wird ihm aufgeregt in den Musikraum folgen. Währenddessen habe ich freie Bahn, die Drohne und das Gewehr aus unserem Raum zu holen."

„Gute Idee!", lobte Paul.

„Aber Professor Krey wird sofort merken, dass es nicht seine Noten sind", wandte Isabel ein.

„Stimmt!", antwortete Daniel. Und lächelte. „Aber da sie handschriftlich sind, wird er sie für die Komposition eines Schülers halten. Professor Krey ist Musikliebhaber und neugierig genug, dass er sich sofort ans Piano setzen wird, um sie zu spielen."

Isabel, Seo-Yun und Paul lachten. Daniel traf mit seiner Einschätzung den Nagel auf den Kopf.

Daniel sollte recht behalten. Sein Plan ging zu hundert Prozent auf.

Kurze Zeit später führte Seo-Yun den Professor in den Musikraum, wo er sich tatsächlich sofort ans Klavier setzte, um die Noten vom Blatt zu spielen.

Zur selben Zeit holte Daniel mithilfe von Paul die Drohne aus dem geheimen Raum 4. Sie packten die Einzelteile der demolierten Drohne in eine Reisetasche und trugen alles ohne Zwischenfälle unbemerkt ins Labor, wo Isabel und Seo-Yun sofort anfingen, die Drohne zu untersuchen.

Die Jungs verabschiedeten sich.

„Paul und ich wollen uns mal den Feldweg genauer anschauen, wo Paul in der Nacht diese merkwürdige Gestalt gesehen hat“, erklärte Daniel.

„Den Feldweg untersuchen?“, fragte Isabel nach. „Es hat die ganze Nacht geregnet wie aus Kübeln. Was wollt ihr denn dort für Spuren finden?“

„Tja“, antwortete Paul nur. „Wenn wir das schon vorher wüssten!“

Isabel schüttelte trotzdem verständnislos den Kopf.

„Aber ihr wisst doch ganz genau, dass man nach stundenlangem Regen keinerlei Spuren mehr finden kann."

Paul zuckte mit den Schultern. „Sicher keine Fußspuren. Aber vielleicht Zigarettenstummel, Bonbonpapierchen oder so. Alles beste DNA-Träger. Oder abgeknickte Äste, falls von dort die Drohne gesteuert wurde."

„Na, dann viel Spaß", wünschte Isabel nur.

Die Jungs zogen los.

Die Mädchen machten sich weiter an die Arbeit. Zuerst breiteten sie die ganzen zerborstenen Einzelteile der Drohne nebeneinander aus. Dann nahmen sie sich den großen Korpus der Drohne vor, der zwar schon etliche Risse und einige Löcher aufwies und halb verkokelt war, aber noch heil genug, um an die „Innereien" heranzukommen. Dazu brachen sie den Drohnenrumpf ganz auseinander.

„Sieh dir das an!", rief Seo-Yun aus.

„Eine Kamera?", fragte Isabel. Natürlich hatten die meisten Drohnen Kameras an Bord. Doch diese hier sah irgendwie anders aus. „Ist das eine Infrarot-Kamera für Nachtaufnahmen?"

„Fast", antwortete Seo-Yun. „Es ist eine Wärmebildkamera, aber wohl nicht, um Nachtaufnahmen zu machen."

„Sondern?“, hakte Isabel nach.

Seo-Yun stocherte mit einem schmalen Schraubendreher und einer Pinzette vorsichtig in den Innereien der Drohne herum.

„Na ja, du hast die Drohne ja am frühen Vormittag entdeckt. Also brauchte sie keine Nachtsichtfunktion“, antwortete Seo-Yun. Dabei stocherte sie weiter in den Innereien der Drohne herum und murmelte vor sich hin: „Das sind Messvorrichtungen. Aber wofür? Die Daten jedenfalls wurden nicht auf einem Chip oder so gespeichert, sondern müssen sofort online oder per Funk gesendet worden sein.“

„Kannst du nachprüfen, an wen?“, fragte Isabel.

Seo-Yun wiegte den Kopf hin und her. „Schwierig. Ich kann es natürlich versuchen. Aber es erscheint mir zwecklos.“

„Wärmebildkamera und Messgeräte?“, wiederholte Isabel. „Was könnte die Drohne untersucht haben?“

„Keine Ahnung“, gestand Seo-Yun. „Vielleicht die Gemäuer? Womöglich hat sie die Statik geprüft oder den Zustand des Mauerwerks? Aber warum wird dann so ein Geheimnis daraus gemacht? Und Dr. Greedy schwindelt uns etwas vor von wegen Werbefilm?“

„Und wieso sollte unser Hausmeister Herr Klefuß die

Drohne abschießen, wenn sie nur das Bauwerk prüft?", fügte Isabel hinzu.

Seo-Yun legte den Schraubendreher und die Pinzette beiseite.

„Wer weiß?", sagte sie. „Vielleicht ist unsere altehrwürdige Schule baufällig und muss abgerissen werden? Oder es stecken giftige Materialien im Gemäuer?"

„Asbest?", entfuhr es Isabel. Doch dann verwarf sie den Gedanken selbst sofort wieder: „Quatsch!"

Das Bauwerk war fast zweihundert Jahre alt. Damals kannte man solche Stoffe wie Asbest noch gar nicht.

„Schimmelpilze vielleicht", mutmaßte Seo-Yun. „Oder irgendetwas anderes, von dem Klefuß schon etwas ahnte. Er wollte vielleicht die Schule retten. Und damit auch seinen Arbeitsplatz."

„Indem er die Drohne abknallt? Das weiß er doch, dass er damit keine Untersuchung aufhalten kann", wandte Isabel ein. „Und dann wird er unmittelbar krank und verschwindet? Das ist doch merkwürdig."

„Zu seiner Schwester, hieß es", ergänzte Isabel. „Das wollte ich ja auch noch überprüfen."

„Was?", fragte Isabel.

„Wo seine Schwester wohnt", erklärte Seo-Yun. „Dann können wir anrufen und Herrn Klefuß direkt befragen!"

Isabel schlug sich vor die Stirn. „Natürlich! Gute Idee! Wieso sind wir darauf nicht schon viel früher gekommen?"

„Weil wir noch nicht in seiner Wohnung waren", antwortete Seo-Yun. „Ich denke, dort finden wir am ehesten heraus, wie seine Schwester heißt und wo sie wohnt."

Daniel und Paul standen auf dem Feldweg und sahen von hier aus auf das Schulgebäude und ihr Zimmerfenster.

„Hier ist er entlanggelaufen." Paul zeigte auf den Weg zum Schulparkplatz und dann in die entgegengesetzte Richtung. „Er muss also von dort gekommen sein."

„Aus dem Wald?", fragte Daniel stirnrunzelnd. „Das glaube ich nicht. Eher, dass er vom Parkplatz kam, sich hier irgendwie umgesehen hat und dann zurückgegangen ist."

Paul schüttelte den Kopf. „Wenn er einen Platz gesucht hat, von dem aus er unbeobachtet die Drohne steuern kann, dann ist es hier äußerst ungünstig. Die Fensterfronten von fast allen Zimmern zeigen zu dieser Seite. Da ist selbst mitten in der Nacht das Risiko groß, dass ihn jemand sieht."

Paul zeigte wieder Richtung Wald.

„Wenn er aber weitergeht … Da hinten kann ihn vom Schulgebäude aus niemand mehr sehen."

„Dann sehen wir dort doch mal nach“, schlug Daniel vor.

Die beiden Jungs machten sich gleich auf den Weg an den Waldrand. Bis hierher hatten sie nichts Ungewöhnliches entdeckt.

„Noch weiter?“, fragte Daniel unsicher. Er sah sich zum Schulgebäude um.

„Ganz schön weit weg, um eine Drohne über den Hof zu steuern, oder?“

„Stimmt“, räumte Paul ein. „Trotzdem: Wenn wir schon mal hier sind, können wir auch noch ein Stückchen in den Wald hineingehen.“

„Aber der offizielle Weg ist dahinten. Der Weg, der am Hausmeister-Bungalow vorbeiführt“, wandte Daniel ein.

Doch Paul wiegelte sofort ab. „Na, den wird der Drohnenpilot ja nun garantiert nicht gegangen sein. Außerdem hab ich ihn ja hier gesehen. Auf diesem Feldweg.“

„Der aber genau hier endet und ins … wie heißt das?“, fragte Daniel.

„Gestrüpp“, half Paul ihm aus.

Daniel nickte. „Genau, der Weg versandet hier im Gestrüpp. Hier geht es nicht weiter.“

„Was als Versteck aber wieder gerade gut wäre“, sagte Paul. „Lass uns noch ein Stückchen weitergehen.“

Er lief auf den Busch zu, bog mit beiden Händen die Äste und Zweige auseinander und quetschte sich mühsam durch die Lücke. Einige Äste schrammten über seine Arme, seine Brille verrutschte, und in seinen Haaren verfingen sich Kletten. Als er das Gebüsch durchquert hatte, atmete er erst einmal durch und schaute dann verblüfft auf Daniel, der plötzlich vor ihm stand.

„Man konnte auch ganz bequem außen herumgehen“, sagte Daniel grinsend.

Paul verzog das Gesicht und rückte seine Brille wieder gerade. Dann krempelte er die Ärmel hoch und besah sich die Schrammen auf seinen Armen.

„Hoffentlich entzündet sich das nicht“, jammerte er.

„Im Labor haben wir Desinfektionsmittel“, beruhigte Daniel ihn.

„Okay“, sagte Paul kleinlaut. Am liebsten wäre er sofort zurückgelaufen, um seine Wunden möglichst schnell zu versorgen. Aber es war sein eigener Vorschlag gewesen, sich hier hinten am Waldrand umzusehen. Da wollte er jetzt keinen Rückzieher machen.

Vorsichtig sahen die beiden sich nun um.

„Es ist eigentlich nicht erlaubt, allein in den Wald zu gehen“, erinnerte Daniel ihn. „Also, zumindest nicht abseits vom offiziellen Wanderweg.“

„Ich weiß“, sagte Paul, noch immer im Jammertonfall. „In jüngster Zeit machen wir ständig Sachen, für die wir von der Schule fliegen könnten. Was meinst du, was meine Eltern mir erzählen würden!“

„Kann ich verstehen“, sagte Daniel. „Ich riskiere mein Stipendium. Aber trotzdem: Irgendeine innere Stimme sagt mir, wir müssen diesem Fall nachgehen. Da ist etwas im Busch.“

Paul schrak zusammen. „Was?“ Entsetzt schaute er auf den Busch, durch den er sich eben gekämpft hatte.

„Nicht in *dem* Busch“, gab Daniel Entwarnung. „Ist das nicht eine Redewendung im Deutschen: etwas ist im Busch, wenn Gefahr droht?“

Paul atmete tief durch. „Oh Mann, hast du mich erschreckt. Ja, stimmt: Das ist eine Redewendung.“ Dann zuckte Paul erneut zusammen. „Warte mal. Jetzt war da aber wirklich was!“

„Hä? Was? Wo?“

„Psst!“

„Hast du schon wieder etwas gehört?“, fragte Daniel.

„Pssst!“

Die beiden schwiegen. Und lauschten.

Nach einer kleinen Weile fragte Daniel erneut: „Was war denn da?“ Unwillkürlich war er mit Paul in die Hocke gegangen, um sich etwas kleiner und unsichtbarer zu machen. „Schritte? Räuspern? Stimmen? Knackende Äste?“

„Rascheln!“, antwortete Paul. „Als ob jemand durchs Gebüsch schleicht. So als ob vielleicht …“ Er unterbrach sich selbst, indem er plötzlich aufsprang und brüllte: „SCHEISSE! EIN WILDSCHWEIN!“

„Was? Wo? Wie?“ Daniel drehte sich zu allen Seiten.

Dann sah er es!

Direkt hinter ihm kam ein ausgewachsener Keiler aus dem Dickicht hervorgebrochen.

Als das Wildschwein die Jungs sah, blieb es kurz stehen. Vielleicht auch nur, weil es sich durch Pauls Gebrüll erschreckt hatte.

Paul rannte panisch los, ohne nachzudenken.

Daniel dagegen blieb vor Angst erstarrt an seinem Platz keine fünf Meter von dem Keiler entfernt stehen. Er erinnerte sich, dass er mal in einem YouTube-Video gesehen hatte, wie sich Wanderer in Kanada vor wilden Bären gerettet hatten, indem sie sich einfach umgedreht und gaaaaaaanz langsam und ruhig von dem Bären fortgegangen waren. Schon damals, nur beim Zusehen, hatte Daniel sich gefragt, wie man angesichts der drohenden Gefahr so ruhig und cool bleiben konnte, einem ausgewachsenen

Bären den Rücken zuzudrehen und abzuhauen, ohne zu laufen. Aber vermutlich war es genau das, was er jetzt auch tun sollte. Wichtig war, dass das Tier nicht in Panik geriet, erinnerte sich Daniel an eine allgemeine Verhaltensregel. Nur, wie man selbst nicht in Panik geriet, davon stand nichts in diesen Regeln.

„DA-NI-EL!“, hörte Daniel Paul von irgendwoher leise rufen. „HAU AB DA!“

„Psssst!“, antwortete Daniel. „Mach ihn nicht nervös!“

Daniel machte einen langsamen Schritt rückwärts und ließ den Keiler nicht aus den Augen. Wie würde der auf die Bewegung reagieren?

Doch der Keiler machte – nichts. Der stand nur da und ließ seinerseits Daniel nicht aus den Augen, bewegte sich aber nicht weiter.

„Okay“, versuchte Daniel dem Wildschwein gut zuzureden. „Wir verstehen uns. Wir wollen beide keinen Ärger. Ich tu dir nichts, du tust mir nichts. Okay?“

„Schrei ihn an!“, riet Paul aus sicherer Entfernung. „Oder klatsch in die Hände!“

„Bist du irre?“, fragte Daniel, ohne sich zu Paul umzudrehen, wo auch immer sich der gerade versteckte. Stattdessen machte er den nächsten langsamen Schritt zurück. Und den übernächsten.

„Dann erschreckt er sich und rennt weg!“, behauptete Paul.

„Oder er gerät in Panik und greift an. Hast du eine Ahnung, was der für Hauer hat?“ Daniel wagte die nächsten drei Schritte zurück. Sein Abstand zu dem Wildschwein hatte sich immerhin schon verdoppelt. Aber auch zehn Meter waren noch zu nah.

„Hast du einen Stein oder Holzklotz oder so etwas zur Hand?“, fragte Daniel.

„Nein. Wieso?“, wollte Paul wissen.

„Ich drehe mich jetzt um und gehe“, kündigte Daniel an. „Wenn der Keiler mich verfolgt, wirf etwas nach ihm, um ihn von mir abzulenken.“

„Um ihn dann auf mich zu lenken? Denkst du, ich bin verrückt?“, widersprach Paul.

„Nein, ich denke, du bist mein Freund. Also mach!“, forderte Daniel ihn auf. „Nur zur Sicherheit!“

Daniel wich einen weiteren Schritt zurück.

Der Keiler ließ ihn gewähren.

„Bist du so weit?“, fragte Daniel nach.

„Womit?“, fragte Paul allen Ernstes zurück.

„Mann! Dich zu bewaffnen natürlich! Such dir einen Holzklotz, verdammt!“, fuhr Daniel ihn etwas zu laut und zu energisch an.

Der Keiler zeigte leichte Nervosität, indem er zwei Schritte vortrat.

Daniel erstarrte. „Gaaaanz ruhig. Alles gut!“

„Alles gut?“, hörte er Paul fragen. „Was denn nun?“

„Ich meinte den Keiler!“

„Da soll einer draus schlau werden. Aber okay. Ich hab was.“

„Was denn?“

„Einen Apfel!“

Daniel glaubte, sich verhört zu haben. „Einen was?“

„Einen Apfel!“, wiederholte Paul. „Von heute Mittag noch in meiner Tasche. Pass auf!“

„Was?“, fragte Daniel. „Moment! Was hast du vor? Tu nichts Unüberlegtes!“

Doch da sah er schon, wie von hinten ein Apfel an ihm vorbeiflog, etwa drei Meter rechts vom Wildschwein auf dem Boden aufschlug und noch kurz weiterrollte.

Der Keiler schreckte kurz zurück, erschnüffelte aber sofort, worum es sich handelte, drehte sich von Daniel weg, lief auf den Apfel zu und verputzte ihn laut schmatzend.

„Jetzt schnell!“, rief Paul Daniel zu.

Daniel drehte sich um, bemühte sich dennoch, ruckartige Bewegungen zu vermeiden, und ging mit schnellen Schritten, aber ohne zu laufen, auf das Gestrüpp zu, hinter dem Paul sich verkrochen hatte.

Von dort aus beobachteten sie gemeinsam den Keiler beim Fressen, der danach noch ein wenig den Boden nach mehr absuchte. Als er nicht fündig wurde, zog er wieder ab, dorthin, wo er hergekommen war.

Die beiden Jungs atmeten tief durch.

„Gerade noch mal gut gegangen!“

„War doch genial mit dem Apfel, oder?“, lobte Paul sich selbst.

Kapitel 10: Seltsame Vorkommnisse

Als sie wieder bei den Mädchen im Labor auftauchten, war Daniel noch immer so kreidebleich, dass Isabel ihn besorgt ansah.

„Was ist denn mit dir passiert?"

„Wir wurden fast von einem Keiler angefallen", antwortete Daniel.

Seo-Yun und Isabel rissen gleichzeitig entsetzt ihre Augen auf.

„Ihr habt ihm doch hoffentlich nichts angetan?", fragte Isabel sofort nach.

„Danke, dass du dir Sorgen um das Schwein machst statt um uns", erwiderte Daniel leicht eingeschnappt.

„Ich sehe doch, dass ihr unversehrt seid", stellte Isabel klar.

„Was hätten wir dem Keiler deiner Meinung nach denn

antun können?", fragte Paul. „Ihn mit bloßen Händen erwürgen?"

Isabel schaute Paul von Kopf bis Fuß an, grinste und antwortete lachend: „Nein, eher nicht."

„Habt ihr denn etwas herausbekommen?", fragte Seo-Yun. „Irgendeine Spur auf dem Feldweg?"

Die Jungs schüttelten die Köpfe.

„Nichts", gestand Paul. „Wir sind den ganzen Weg abgegangen, vom Feldweg bis in den Wald. Keinerlei Hinweise. Trotzdem glaube ich, dass der Pilot irgendwo von dort die Drohne gesteuert und über einen Monitor in der Fernsteuerung gelenkt hat. Was sonst hätte die Person, die ich gesehen habe, mitten in der Nacht dort unten tun sollen, als sich einen geeigneten Platz zum Start seiner Drohne zu suchen?"

„Schon möglich", sagte Seo-Yun und notierte es sich in ein Notizbuch.

„Was hast du da?", fragte Daniel.

„Mein Ermittlungsbuch", antwortete Seo-Yun. „Darin trage ich all unsere Erkenntnisse ein. Oder kannst du dir alles im Kopf merken?"

„Ja, eigentlich schon", antwortete Paul. „Das ist eine meiner Eigenschaften als Hochbegabter. Ich habe ein recht außergewöhnliches Gedächtnis."

„Ja, wissen wir“, sagte Seo-Yun. „Ich mache mir lieber Notizen.“

„Mit Papier und Stift“, resümierte Paul. „Interessant. Wie in den Anfängen der Kriminalistik Ende des 19. Jahrhunderts.“

„Ist ja gut!“, brach Seo-Yun die Debatte ab. „Das musst du mir als Informatikerin nicht erzählen. Aber manches notiere ich eben immer noch gern mit dem Stift.“

„Vermutlich nur, weil das Notizbuch einen Glitzerumschlag hat und dein Füllfederhalter grell neonfarben ist“, amüsierte sich Daniel.

Seo-Yun grinste ihn an. Und gab zu: „Stimmt. Ich weiß wirklich nicht, wieso es nicht längst Tastaturen in Neongrün gibt. Unmöglich!“

„Gibt es doch“, sagte Daniel.

Seo-Yun nickte und machte ein enttäuschtes Gesicht. „Ja, aber die taugen nichts. Das ist nur blinkender Plastikmüll.“

„Zurück zum Thema!“, mahnte Paul. „Habt ihr die Drohne untersucht und etwas herausbekommen?“

Isabel berichtete den Jungs von der Wärmebildkamera und dass wohl einige Messungen vorgenommen und online an irgendeinen noch unbekannten Server gesendet worden waren.

Die Jungs sahen sich überrascht an.

„Damit habe ich allerdings nicht gerechnet", gab Paul zu.

„Wozu könnte so etwas gut sein?", fragte sich Daniel laut.

Paul zuckte mit den Schultern. „Schatzsuche!"

Das überraschte nun wieder die anderen drei.

„Schatzsuche?", wiederholte Isabel ungläubig. „Geht jetzt deine Kleine-Jungen-Fantasie mit dir durch?"

Paul verzog das Gesicht.

„Ich spreche natürlich nicht von einem Piratenschatz", wehrte er sich. „Vielleicht ist dir entgangen, dass es sogar berufsmäßige Schatzsucher gibt. Die versuchen, archäologische Schätze ausfindig zu machen, zum Beispiel Edelsteine in versunkenen Schiffen, Grabbeigaben von Pharaonen und sonstige archäologische Wertstücke."

Isabel winkte ab. „Schon klar. Und du meinst, hier unter dem Schulgelände sind solche Schätze vergraben?"

Wieder zog Paul die Schultern hoch. „Keine Ahnung. Aber die Besitzer der Drohne glauben das vielleicht."

„Zumindest könnte was dran sein, dass die Drohne etwas *unterhalb* der Schule gesucht hat", räumte Seo-Yun ein. „Die verschiedenen Messgeräte, mit denen die Drohne ausgestattet war, deuten zumindest darauf hin, dass es nicht um Videoaufnahmen ging, sondern eher um Materialuntersuchungen."

„Könnten wir nicht mit einem Metalldetektor prüfen, ob sich unter den Pflastersteinen auf dem Hof Schätze verbergen?", fragte Isabel in die Runde.

Doch die anderen drei winkten sofort ab.

„Wir können doch nicht mal eben so mit Metalldetektoren über den Hof spazieren", gab Paul zu bedenken.

Daniel nickte zustimmend.

„Ja, das wäre viel zu auffällig. Dr. Greedy ist ja sowieso schon argwöhnisch", ergänzte er. „Außerdem ist das Innenhof-Pflaster ja nicht mehr original. Der gesamte Gebäudekomplex wurde nach dem Zweiten Weltkrieg restauriert und in dem Zuge der gesamte Innenhof Anfang der 1950er-Jahre neu gestaltet und gepflastert. Es ist sehr wahrscheinlich, dass eine Metallbewehrung ins Fundament eingezogen wurde. Heutzutage jedenfalls gibt es kein Fundament ohne diese stabilisierenden Eisenstangen. Der Detektor, der aber sowieso nur auf Metall direkt unter der Oberfläche reagiert, würde entweder gar nichts melden oder jede einzelne Eisenstange im Fundament. Mit solchen Detektoren kannst du am Strand bei uns in Jamaika vielleicht Kronkorken von Colaflaschen finden, aber bestimmt keinen verborgenen Schatz unterhalb von Fundamenten."

„Das stimmt", sagte Seo-Yun. „Deshalb ja wohl auch die Drohne mit ihren hochempfindlichen Messgeräten."

„Allerdings muss man ja auch erst einmal auf die Idee kommen, mit solch einer Drohne die Schule abzusuchen", sagte Daniel. „Sprich: Die grundlegenden Informationen, dass hier etwas – was auch immer – zu finden sein könnte, die muss von woanders kommen."

„Was meinst du?", fragte Paul. „Woher?"

„Na, ganz einfach", antwortete Daniel. „So, wie ich auf unseren Raum 4 gestoßen bin: durch Unterlagen im Archiv!"

Isabel, Seo-Yun und Isabel starrten ihn erstaunt an.

„Der Junge hat recht!", rief Isabel aus. „Ab ins Archiv!"

Alle fanden Daniels Idee so gut, dass sie ihm sogar spontan applaudierten.

Daniel errötete vor Verlegenheit und bot sofort an: „Ich kann das gern machen. Dann könnt ihr euch um andere Dinge kümmern."

„Ich würde gern allmählich anfangen, unseren Raum einzurichten", sagte Paul. Er war immer noch begeistert von der Idee, so etwas wie ein Detektivbüro zu haben. Seiner Meinung nach zeigten die anderen nicht genügend Begeisterung dafür. Und so wollte wenigstens er die Sache voranbringen.

„Einverstanden“, antwortete Isabel. „Seo-Yun und ich versuchen mal, etwas über den neuen Hausmeister ausfindig zu machen …“

„… und vor allem herauszufinden, wo Herr Klefuß wirklich steckt“, ergänzte Seo-Yun. „Dazu wollen wir uns noch mal in seiner Wohnung umsehen. Heute ist die letzte Gelegenheit. Denn soweit ich gehört habe, wird der Neue morgen dort einziehen.“

„Der neue Hausmeister zieht schon in Klefuß’ Wohnung ein?“, fragte Daniel erschreckt nach. „Dann ist Klefuß ja wohnungslos. Und vor allem: Will der nicht vorher seine Sachen aus der Wohnung abholen lassen?“

„Gute Frage“, antwortete Seo-Yun. „Vielleicht kommt ja morgen ein Lkw, um die Wohnung auszuräumen. Ein Grund mehr, dass wir unbedingt noch heute Nacht dort hineinmüssen. Wollt ihr mit?“

„Öh …“, druckste Paul herum.

Und auch Daniel schien nicht besonders erpicht darauf. Der Einbruch ins Hausmeisterbüro war aufregend genug gewesen, fanden beide. Und dann noch das Abenteuer mit dem Wildschwein vor einigen Stunden. Ihr Bedarf an gefährlichen Einsätzen war vorerst gedeckt.

„Schon verstanden“, sagte Seo-Yun. „Isabel und ich machen das allein.“

„Echt?“, fragte Paul. „Braucht ihr da wirklich nicht unsere Hilfe?“

„Äh …“, sagte Seo-Yun. Sie grübelte noch, wie sie möglichst schonend ausdrücken konnte, dass sie bestens ohne die Jungs zurechtkamen. „Wir bekommen das schon hin. Oder, Isabel?“

„Ja, wenn wir uns große Mühe geben. Sonst rufen wir euch natürlich sofort zu Hilfe.“

Die beiden Mädchen zwinkerten sich zu.

Paul bemerkte es nicht und nahm die Antwort der Mädchen ernst. „Gut. Scheut euch nicht, uns dazuzuholen, wenn ihr nicht weiterkommt.“

„Klar!“, versprachen die Mädchen und grinsten sich erneut zu.

„Dann treffen wir uns in drei Stunden im Raum 4?“, fragte Paul in die Runde. „Ich bin dann schon da, weil ich ihn ja weiter einrichte. Ich gebe euch Bescheid, wenn Krey fort ist und ihr nachkommen könnt.“

So verabredeten sie es.

„Gut, wir verstauen noch die Drohnenteile. Dann können wir los“, sagte Isabel.

Daniel nickte eifrig.

Wie aufs Stichwort kamen plötzlich zwei Jungs ins Labor gestürmt: Stefan und Malte, zwei der klügsten

Schüler im gesamten Hochbegabten-Internat. Aber leider auch zwei der neugierigsten. Doch heute schnüffelten sie nicht irgendeiner Sache nach, sondern hatten etwas zu verkünden: „Habt ihr schon gehört? Spontane Versammlung in der Aula!"

Neben Isabel, Seo-Yun, Daniel und Paul arbeiteten gerade noch drei weitere Schüler im Labor, die sich nun ebenfalls erstaunt und aufmerksam den beiden Jungs zuwandten. Eine „spontane" Versammlung hatte es an dieser Schule noch nie gegeben, seit Paul hier war. Das waren immerhin auch schon eineinhalb Jahre. Die einzigen Versammlungen, die er überhaupt mitbekommen hatten, waren eigentlich gar keine gewesen, sondern eher kleinere Schulfeiern wie zu Weihnachten, Preisverleihungen oder Konzerte und Theateraufführungen.

Entsprechend verblüfft fragte auch er: „Eine Versammlung?"

Und Daniel wiederholte: „Spontan?"

Seo-Yun fragte: „Wann?"

„Na jetzt!", antwortete Stefan. „Sofort!"

„Wieso?", fragte Isabel. „Wozu?"

„Keine Ahnung", antwortete Malte. „Wir sind nur zufällig Dr. Greedy auf dem Flur begegnet. Und er bat uns, allen Bescheid zu sagen."

„Das ist doch Quatsch!“, entgegnete Seo-Yun. „Wenn Dr. Greedy wirklich eine spontane Versammlung einberufen wollte, dann würde er doch …“

In dem Augenblick wurde sie von einer Lautsprecherdurchsage unterbrochen. Es war Dr. Greedys Stimme, die durch alle Räume zur Versammlung rief. Seo-Yun verstummte. Genau das hatte sie sagen wollen: Er würde doch die Lautsprecherdurchsagen nutzen. Und das hatte er jetzt gerade getan.

Stefan und Malte drehten wieder um und rannten zur Aula. Auch die anderen Schüler ließen alles stehen und liegen und gingen los.

Isabel sah ihre Freunde bedrückt an: „Meint ihr, Herrn Klefuß ist etwas passiert?“

Paul zuckte zusammen. Daran hatte er gar nicht gedacht. Doch Isabel hatte recht. Was sonst sollte der Grund für eine spontane Versammlung sein? Auch seine Miene verfinsterte sich nun. „Der arme Herr Klefuß“, sagte er traurig. „Ich mochte ihn eigentlich immer ganz gern.“

„Nun wartet mal ab!“, mahnte Seo-Yun. „Noch ist doch gar nicht klar, worum es geht.“

Die vier machten sich gemeinsam auf den Weg zur Aula, die sie als Letzte erreichten. Als sie den Saal betraten, saßen alle anderen bereits auf ihren Plätzen.

Seo-Yun erkannte mit einem kurzen Blick sofort, dass mit ihnen alle 43 Schüler anwesend waren. Nebenbei registrierte sie noch, dass in Reihe 5 zwei und in Reihe 9 ein Stuhl fehlten. Es war eine vollkommen unwichtige Beobachtung, aber Seo-Yun konnte gar nichts dagegen tun; sie sah und erfasste es nun einmal auf den ersten Blick. Sie erwähnte es auch nicht, weil sie wusste, dass es den meisten anderen auch so erging. Denn die Schüler und Lehrer hier hatten ähnliche Fähigkeiten wie sie. So musste niemand durchzählen oder gar die Anwesenheit einzeln prüfen.

Dr. Greedy trat auf die Bühne, warf einen Blick hinunter auf die Stuhlreihen und erkannte ebenfalls gleich, dass alle da waren. Deshalb fing er sofort an. Er begrüßte die Schüler kurz und kündigte an, dass er eine traurige Mitteilung machen müsste. Paul hielt den Atem an und machte sich darauf gefasst, der der stellvertretende Direktor nun eine schreckliche Nachricht über Herrn Klefuß überbringen würde. Schon standen ihm die Tränen in den Augen, die er mit dem Handrücken schnell wegwischte.

„Ich muss euch leider sagen", führte Dr. Greedy aus, „dass an unserer Schule in den vergangenen 24 Stunden mehrere Gegenstände vermutlich durch vorsätzlichen Diebstahl abhandengekommen sind. Und als wäre das noch nicht genug, haben wir sogar einzelne Sachbeschädigungen zu verzeichnen!“

Ein Raunen ging durch den Saal.

Paul wusste nicht, ob die anderen wie er auf eine schreckliche Nachricht über den alten Hausmeister gefasst gewesen waren oder nur erschraken, weil es an dieser Schule niemals zuvor Probleme mit Diebstählen und Vandalismus gegeben hatte. Er erinnerte sich an die Worte des Musikprofessors Krey: Wenn man ihm hier etwas stehlen würde, war er am falschen Ort und würde sofort kündigen. Nun war er das erste Diebstahlopfer geworden. Die Notenblätter seiner Komposition, an der er seit fast einem Jahr arbeitete, waren plötzlich verschwunden.

Professor Krey saß ein wenig in sich zusammengesunken vorn in der ersten Sitzreihe und hörte sich die Aufzählung des stellvertretenden Direktors an, was innerhalb der vergangenen 24 Stunden alles an Diebstählen gemeldet worden war: ein Portemonnaie, ein paar Taschen und Rucksäcke, einige Bücher, Stifte, zwei Musikinstrumente, ein Fahrrad und so weiter. Im Grunde genommen war alles dabei. Zudem waren zwei Türschlosser demoliert worden, eine Fensterscheibe zerbrochen und eine Vitrine beschädigt. Die Polizei sei verständigt worden. Und „leider, leider“, so verkündete Dr. Greedy, habe auch

„die Lokalpresse“ Wind von der Sache bekommen, was ganz und gar schädlich für den Ruf der Schule sei. Man plane deshalb, möglichst bald eine Elternkonferenz einzuberufen. Vermutlich schon übermorgen per Video, weil die Eltern ja quer über die Welt verteilt waren.

Und das war's. Keine Fragen. Keine Diskussion. Dr. Greedy beendete die Versammlung. Alle Schüler sollten sich wieder auf ihre Zimmer oder an ihre Arbeitsplätze begeben und ihren geplanten Tagesablauf fortsetzen.

Aber daran war gar nicht zu denken. Die Aufregung war viel zu groß. Diebstahl und Vandalismus! So etwas war an der Schule in all den Jahrzehnten ihres Bestehens noch nie vorgekommen!

Und dafür hatte Dr. Greedy merkwürdig gelassen gewirkt, fand Paul.

Überall im Saal und in den Fluren bildeten sich kleine Grüppchen, die heftig über die Vorfälle diskutierten. Etwa: Wieso so viele Vorfälle in so kurzer Zeit? Wer könnte dahinterstecken? Die Schule bekam so gut wie nie Besuch von außerhalb. Und wieso hat niemand in der Schule etwas Auffälliges beobachtet? Niemandem war jemand Schulfremdes aufgefallen. Nicht einmal Handwerker waren hier gewesen.

All diese Fragen stellten sich Paul, Daniel, Isabel und Seo-Yun auch. Und noch einige weitere.

Sie hatten sich in eine Ecke des Flures zurückgezogen, und Paul fragte in die kleine Runde hinein: „Was haltet ihr von der Sache?"

Allen war sofort klar: Diese neuen Vorfälle hingen unmittelbar mit dem Auftauchen der Drohne und dem Verschwinden des Hausmeisters zusammen. Anders konnte es gar nicht sein. Einen solchen zeitlichen Zufall hielten alle für undenkbar.

„Was mich stutzig macht", ergänzte Paul, der innerhalb der Vierergruppe als Analytiker galt: „Wenn hier jemand auf Diebestour geht, wieso klaut er dann nicht richtig? Denn wieso stiehlt man überhaupt? Doch entweder, um sich zu bereichern. Oder bestenfalls aus Rache oder so. Also, um jemanden zu ärgern. Für die erste Variante, die Bereicherung, sind aber viel zu viele wertlose Dinge gestohlen worden: Bücher, ein Kasten mit Farbstiften ... Ich meine, ich bitte euch!"

Die anderen nickten Paul zustimmend zu.

„Und die zweite Variante: jemand zu ärgern oder sich zu rächen? Dafür sind die Betroffenen viel zu zahlreich und zu willkürlich. Wisst ihr, was ich meine?"

„Klar", antwortete Isabel. „Wenn jemand Professor Krey die Noten stiehlt, okay, dann will er den Professor ärgern. Aber warum sollte derselbe Täter dann irgendeinem Schüler noch die Farbstifte und einem anderen die Schultasche stehlen? Das ergibt keinen Sinn."

„Genau meine Meinung!", stimmte Paul ihr zu. „Und selbst wenn sich ein dummer Dieb völlig planlos einfach alles greift, was ihm vor die Augen kommt, dann liegen die Tatorte viel zu weit auseinander: die Noten aus dem Musikraum, die Farbstifte aus einem Zimmer, das Fahrrad aus dem Keller, ein Rucksack aus einem Studienzimmer. Auch die einzelnen Tatorte ergeben überhaupt keinen Zusammenhang."

„Es sei denn, eine ganze Gruppe ist hier durchgezogen", wandte Daniel ein.

Doch Paul widersprach sofort: „Das wäre doch noch auffälliger gewesen. Außerdem war heute Morgen beim Frühstück offenbar noch kein einziger Diebstahl gemeldet worden. Insofern stimmt auch Dr. Greedys Aussage nicht: von wegen innerhalb der letzten 24 Stunden. Das muss alles in den zwei Stunden zwischen Frühstück und Versammlung passiert sein."

Seo-Yun zog die Augenbrauen erst vor Erstaunen hoch, dann zu einem kritischen Blick zusammen: „In so kurzer Zeit. Und dann sofort eine Versammlung, statt erst einmal die Lage zu erörtern und mit der Polizei zu sprechen?"

„Das meinte ich", bestätigte Paul.

Seo-Yun begriff: „Du glaubst, Dr. Greedy war vorbereitet? Für ihn kamen diese Diebstähle nicht überraschend?"

Das war natürlich eine abenteuerliche Theorie. Nicht auszudenken, wenn die sich bewahrheiten würde!

„Ich will niemanden voreilig verdächtigen", stellte Paul auch deshalb schnell klar. „Ich wollte nur anregen, dass wir unsere Augen offen halten und in alle Richtungen ermitteln. Und damit meine ich: in wirklich *alle* Richtungen."

„Einschließlich Schulleitung?", hakte Daniel nach. „Wow!"

Doch dann erinnerte er sich auch wieder an Dr.

Greedys merkwürdiges Verhalten, als er von der Drohne erfahren hatte.

„Okay!“, stimmte Daniel zu. „Ich gehe jetzt ins Archiv.“

Schließlich teilten sie sich auf, um wie festgelegt ihren Aufgaben nachzugehen.

Paul wollte ja den geheimen Raum einrichten. Noch vor zwei Tagen wäre er dafür zu Herrn Klefuß gegangen und hätte sich Mehrfachsteckdosen, Kabel und was er sonst noch so benötigte, geben lassen. Herr Klefuß hätte nicht weiter nachgefragt und Paul alles Nötige ausgehändigt. Aber bei dem neuen Hausmeister traute Paul sich das nicht. Erstens wusste er nicht, ob der Neue ebensowenig wie Herr Klefuß nachgefragt hätte, und zweitens wollte Paul den Neuen erst einmal genauer unter die Lupe nehmen.

Genau das tat Seo-Yun in diesem Moment.

Gemeinsam mit Isabel hockte sie am Laptop und gab erst einmal nur den Nachnamen des neuen Hausmeisters ein: Stilke. Sie erhielten in der Suchmaschine natürlich Hunderttausende Treffer. Unglaublich, wie oft es diesen Nachnamen gab: Ärzte, Anwälte, Sportler, Friseure, Männer, Frauen, Geschäfte …

„Weißt du seinen Vornamen?“, fragte sie Isabel.

„Nein“, antwortete Isabel. „Den hat Dr. Greedy nicht genannt. Vielleicht ganz bewusst?“

Seo-Yun engte ihre Suche immer weiter ein, indem sie zusätzliche Suchworte eingab wie die Region, die Stadt, das geschätzte Alter, den Beruf des Hausmeisters und schließlich auch den Namen ihres Internats. Dann endlich fand sie eine kleine Notiz in der Lokalzeitung über die Neueinstellung des Hausmeisters, worüber sie zumindest seinen Vornamen erfuhr und somit die Suche immer weiter eingrenzen konnte.

Bis sie auf einige ältere Artikel in Lokalzeitungen der benachbarten Regionen stieß.

„Sieh mal!“, sagte Seo-Yun schließlich. „Das ist er doch.“

Sie zeigte auf das Foto im Artikel einer Lokalzeitung. Über die Augen des abgebildeten Mannes war zwar ein schwarzer Balken gelegt, um ihn unkenntlich zu machen. Aber der war so schmal, dass man ihn dennoch gut identifizieren konnte.

Isabel schaute Seo-Yun über die Schulter und war sich ebenso sicher. „Klar ist er das. Wenn auch vielleicht ein paar Jahre jünger.“

„Der Artikel ist fünf Jahre alt“, bestätigte Seo-Yun.

Nun tippte Isabel mit dem Finger auf das Bildschirm-Foto. „Ist das etwa …?“

Seo-Yun nickte. „Ganz genau! Unser Herr Stilke wird dort gerade abgeführt. Bei einem Einbruch in einen Juwelierladen auf frischer Tat ertappt. Im Artikel heißt es, zu diesem Zeitpunkt war er schon mehrfach wegen Diebstahls vorbestraft." Sie klickte auf einen anderen Artikel. „Und hier", sprach sie nun weiter. „Ein Artikel ein halbes Jahr später. Weil er mehrfach vorbestraft war, bekam er keine Strafe mehr auf Bewährung, sondern musste gemäß Paragraf 244 Strafgesetzbuch ins Gefängnis. Für zwei Jahre! Vor zweieinhalb Jahren ist er also rausgekommen."

Seo-Yun suchte einige Minuten schweigend, dann sagte sie: „Danach gibt es keine Informationen zu ihm. Bis jetzt, als …"

„… Dr. Greedy ihn von einem Tag auf den anderen für die Schule als Hausmeister einstellte. Und das sogar in Abwesenheit unseres Direktors!", ergänzte Isabel.

„Ganz genau", sagte Seo-Yun. „Die Frage stellt sich: Hat Dr. Greedy ihn bewusst eingestellt, um einem Ex-Sträfling eine neue Chance zu geben …"

„Was ja sehr anständig wäre", unterbrach Isabel.

Seo-Yun stimmte ihr zu. „Ja, aber würde er das tun, ohne sich vorher mit unserem Direktor abzusprechen? Die paar Tage hätte er doch noch warten können."

„Oder wusste er gar nichts von Stilkes Vergangenheit?",

kombinierte Isabel weiter. „Was kaum anzunehmen ist. Man erkundigt sich doch, bevor man jemanden einstellt. Oder nicht?"

„Doch. Bestimmt!", glaubte auch Seo-Yun und fragte: „Was bleibt also als wahrscheinlichste Lösung?"

„Er hat es gewusst, hat ihn bewusst eingestellt, wollte seine Vergangenheit aber verheimlichen?", kombinierte Isabel. „Und einen Tag nachdem der Profi-Dieb Stilke hier auftaucht, gibt es in kürzester Zeit zahlreiche Diebstähle in der Schule!"

„Ganz genau", antwortete Seo-Yun. „Und zwar so viele Diebstähle, dass sogar die Presse aufmerksam wird."

Isabel musste erst einmal einen Schluck trinken, so aufregend fand sie die Ergebnisse ihrer Überlegungen und ihrer Computerrecherche. Sie griff in ihre Schublade, holte eine Flasche Sprudel hervor und trank einen ordentlichen Schluck, ehe sie sagte: „Das würde heißen: Dr. Greedy steckt vielleicht sogar hinter den Diebstählen. Und er will, dass die Vorfälle bekannt werden. Deshalb beruft er auch so schnell einen Elternabend ein!"

Seo-Yun kniff die Lippen zusammen und nickte bedächtig. „So ergäbe alles einen Sinn. Die Frage bleibt nur …"

„WARUM tut er das alles?", beendete Isabel den Satz.

Paul war derweil immer noch auf der Suche nach all den Einrichtungsgegenständen, die er für den geheimen Raum 4 benötigte.

Ein paar Steckdosen und Verlängerungskabel hatte er schon. Ebenso hatte er sich aus der Schulwerkstatt einiges an Werkzeug eingepackt. Was noch fehlte, waren Möbel. Wo sollte er die auftreiben? Und vor allem, wie konnte er sie unbemerkt in den Raum 4 bekommen? Doch dann hatte er eine Idee.

Was war mit der Einrichtung des alten Hausmeisters? Der war doch verschwunden, und der neue wollte erst morgen oder übermorgen einziehen. Das bedeutete, die Schule würde Klefuß' Wohnung einfach ausräumen und all seine Sachen vielleicht sogar auf den Müll werfen. Das kam gar nicht infrage, fand Paul. Sie konnten zwei Fliegen mit einer Klappe schlagen, wie man so schön sagte, wenn sie Klefuß' Möbel einfach in den Raum 4 transportierten. So kamen sie an ihre Einrichtung und passten gleichzeitig sorgsam auf Klefuß' Eigentum auf. Eine super Idee, wie er fand, die er sofort den Mädchen mitteilen musste.

Auch Isabel und Seo-Yun waren begeistert von Pauls Idee. Wenn sie den Umzug nachts erledigten, dann konnten sie es hoffentlich auch völlig heimlich und unbemerkt tun.

Und so beschlossen sie: In dieser Nacht würden sie in Klefuß' Wohnung einbrechen, sie durchsuchen, sich ein paar Möbel raussuchen und diese in den Raum 4 bringen.

Kapitel 11: Um ein Haar erwischt

Pünktlich um 23 Uhr trafen die vier sich im Zimmer der beiden Jungs. Noch hatte Daniel im Archiv nichts herausbekommen. Aber das war wenig überraschend. Wenn man noch nicht wusste, wonach man suchte, war es besonders schwierig, etwas zu finden. Einen Hinweis auf irgendeinen vor Urzeiten vergrabenen Schatz gab es bisher jedenfalls nicht.

Paul hatte sich wieder in seiner ihm eigenen Art auf die Nachtaktion vorbereitet. Wenigstens trug er dieses Mal nicht seinen Schutzanzug, sodass er nicht mehr aussah wie ein Mitarbeiter der Seuchenschutzbehörde. Stattdessen hatte er sich seine Pudelmütze ganz und gar übers Gesicht gezogen und zwei Löcher für die Augen hineingeschnitten. Dabei hatten sie Frühsommer und einen schönen warmen noch dazu. Schon beim Treffpunkt schwitzte

Paul unter seiner Mütze so sehr, dass ihm die Kopfhaut zu jucken begann. Dazu trug er wieder Plastikhandschuhe.

Die anderen nahmen es so hin. Sie wussten, es hatte keinen Sinn zu versuchen, Paul zu überreden, den Unfug sein zu lassen. Paul hatte einfach zu viel Angst, erwischt und erkannt zu werden. Da nahm er lieber das unangenehme Schwitzen und Jucken in Kauf.

Auch darüber hinaus war Paul gut ausgestattet. Er trug eine Umhängetasche mit sich, in der sich offensichtlich nicht nur sein Türöffner-Set befand. Aber die anderen wollten gar nicht wissen, was Paul sonst noch alles mitgeschleppt hatte.

„Ihr werdet mir noch dankbar sein", sagte Paul nur.

Dann machten sich die vier auf den Weg. Das bedeutete: Seo-Yun, die körperlich Kleinste, Geschmeidigste und Schnellste von ihnen, schlich voran. Die anderen folgten ihr im Abstand von zehn bis 15 Metern.

Seo-Yun tippelte über den Flur bis zum Treppenhaus, sah und horchte sich um und gab den anderen ein Zeichen, die nun schnell nachfolgten. Und immer so weiter, Abschnitt für Abschnitt: die Treppe runter, horchen, Zeichen geben, weiter. Zur hinteren Tür hinaus. Dann den Feldweg Richtung Wald bis zum Bungalow des Hausmeisters.

Am Gartentor blieben sie stehen, sahen zurück auf die Schule. Niemand war ihnen gefolgt. Und niemand hatte ihren nächtlichen „Ausflug" bemerkt. Hoffentlich.

Als sie den Weg zur Haustür entlangschlichen, hörten sie vom Bungalow her schon wieder das Gebell.

Erschrocken blieb Seo-Yun stehen.

„Klefuß' Hund!", zischte sie den anderen zu. „Wieso ist der noch hier?"

„Ein sicheres Indiz dafür, dass Herr Klefuß nicht freiwillig zu seiner Schwester gezogen ist", stellte Isabel fest. „Nie hätte er seinen Hund zurückgelassen."

„Als Seo-Yun und ich das letzte Mal hier waren, haben wir den Hund auch gehört", sagte Paul. „Also war Klefuß zwischendurch nicht mehr hier. Er muss, wirklich kurz nachdem er die Drohne abgeschossen hat, verschwunden sein. Wenn ihr mich fragt, entführt. Anders ist nicht zu erklären, dass der Hund noch hier ist."

Die anderen stimmten ihm zu.

Nur: „Was machen wir denn jetzt?", fragte Seo-Yun.

„Auf jeden Fall erst mal so schnell wie möglich ins Haus hinein und den Hund beruhigen", riet Daniel. „Bevor er von hier aus noch die ganze Schule aufweckt."

„Den Hund beruhigen?", fragte Seo-Yun. „Wie sollen wir das denn machen?"

Seo-Yun war diejenige, die sich am wenigsten mit Tieren auskannte. Und Tiere zugegebenermaßen auch am wenigsten mochte.

„Ich glaube zwar nicht, dass man ihn bis zur Schule hört, aber du hast trotzdem recht", stimmte Isabel ihm zu. Dann wandte sie sich an Paul. „Gib Seo-Yun dein Türöffner-Set, Paul. Ich glaube, sie kann damit am besten umgehen."

Paul widersprach nicht. Er reichte Seo-Yun das Set.

Die knipste ihre Stirnlampe an, hockte sich vors Schloss und hatte es zügig geöffnet.

„Wow!", sagte Paul anerkennend. „Hast du geübt?"

Seo-Yun schaute Paul etwas abfällig an.

„Du glaubst jetzt nicht wirklich, dass ich mich hinsetze und trainiere, wie man Türschlösser knackt!"

„Na ja", wollte Paul sich verteidigen.

„Wenn ich einmal etwas begriffen habe, kann ich es eben", erläuterte Seo-Yun.

„Ja", sagte Paul. „Das kenne ich. Allerdings weniger in praktischen Dingen."

Daniel und Isabel kicherten

„Sonst wären wir alle Supersportler!", kommentierte Isabel, woraufhin alle vier lachen mussten.

„Psst!", sagte Seo-Yun. Es war nicht ganz klar, ob sie ihre

lachenden Freunde meinte oder den Hund, der jetzt noch aufgeregter bellte.

Bevor Seo-Yun die Tür öffnete, warf sie Daniel einen bittenden Blick zu.

Der verstand. Alle wussten, dass Daniel am besten mit Tieren – und Menschen – umgehen konnte. Er zwängte sich an Seo-Yun vorbei und öffnete die Tür, worauf ihn der kleine Yorkshireterrier sofort schwanzwedelnd ansprang, als hätte er auf einem Trampolin gestanden.

Daniel hatte Mühe, ihn sanft abzuwehren und dafür zu sorgen, dass der kleine, wild umherhüpfende Kläffer nicht hinaus in den Garten raste.

Daniel packte ihn mit einem geschickten Griff, hielt den zappelnden Wollknäuel unter größten Mühen im Arm fest und rief den anderen zu: „Schnell! Rein hier und Tür zu!"

Erst nachdem alle im Haus waren und sie die Tür hinter sich geschlossen hatten, setzte Daniel den Hund wieder auf dem Boden ab. „Weiß jemand, wie er heißt?"

Die drei anderen sahen sich an – und zuckten ratlos mit den Schultern.

Keiner wusste es. Sie hatten sich nie dafür interessiert.

„Okay", sagte Daniel und sah sich nach der Küche um.

Er ging den Flur entlang, öffnete die erste Tür: das Bad. Weiter: das Schlafzimmer. Erst hinter der dritten Tür fand er die Küche, in der auch das Fressschälchen stand.

Sofort machte sich der Hund darüber her und fraß gierig.

„Seltsam!", sinnierte Daniel vor sich hin.

„Was meinst du?", fragte Isabel.

Doch dann sah sie es selbst: Der Hundenapf war nicht leer gewesen. Der Hund war nicht an sein Fressen herangekommen, weil die Küchentür geschlossen gewesen war.

„Das macht kein Hundebesitzer!", sagte Isabel.

„Das denke ich auch", stimmte Daniel ihr zu. „Wir können also davon ausgehen, dass a) Paul recht hatte mit seiner These, dass Herr Klefuß entführt wurde, und aufgrund der geschlossenen Küchentür b), dass er von hier, aus seinem eigenen Haus entführt wurde. Vielleicht sogar direkt aus der …" Er stutzte und zeigte auf das Küchenfenster. „… ja, direkt aus der Küche. Seht ihr? Das Küchenfenster steht offen."

„Dann hätten wir die Tür ja gar nicht knacken müssen", stellte Seo-Yun beiläufig fest.

„Zwei Tage ohne Fressen, okay, das hält der Hund aus", sagte Isabel. „Aber wo hat er getrunken?"

Daniel zögerte nicht, sondern nahm den dafür vorgesehenen Napf, goss das abgestandene Restwasser aus, füllte es mit frischem Leitungswasser und stellte dem Hund den Napf wieder hin.

„Ich sehe mich mal um", sagte Paul. Wobei klar war, dass er nicht nach dem Wasser für den Hund suchen wollte, sondern nach Spuren, die sie in dem Fall weiterbringen konnten.

Im Flur stieß er auf eine Tür, öffnete sie – staunte, und rief: „Hey. Kommt mal alle her!"

Die anderen kamen angelaufen und staunten ebenso. Hinter der Tür führte eine Treppe in einen Keller.

„Ich hätte nicht gedacht, dass dieser Bungalow unterkellert ist!“, sagte Paul.

„Meinst du, da werden wir etwas Interessantes finden?“, fragte Seo-Yun skeptisch. „Vermutlich höchstens Lebensmittelvorräte, oder?“

„Und bestimmt Werkzeug und einen Bastelkeller“, vermutete Isabel. „Sind nicht alle Hausmeister irgendwie auch Handwerker und Bastler? Also, der bei uns zu Hause im Wohnviertel ist es jedenfalls.“

„Und wenn Herr Klefuß dort unten gefesselt und gefangen liegt?“, fragte Paul in die Runde.

Alle sahen ihn entsetzt an.

„Das glaubst du nicht im Ernst?“, fragte Seo-Yun. Ihr lief ein eiskalter Schauer über den Rücken.

„Ist das wieder einer deiner Horrorträume?“, fragte Daniel vorsichtig.

Paul sah ihn an und verzog nur schnippisch den Mund.

„Auszuschließen ist es nicht, was Paul sagt“, räumte Isabel ein. „Wir müssen wohl mal nachsehen.“

„Oh Mann!“, seufzte Seo-Yun. Ihr war gar nicht wohl bei dem Gedanken.

„Wer geht voran?“, fragte Daniel.

„Immer der, der fragt!“, antwortete Isabel.

Daniel riss die Augen vor Angst weit auf. „Ich? Aber …!“

„Schon gut“, beschwichtigte Isabel. „Ich mach’s!“

„Wirklich?“, fragte Daniel nach. Die Bewunderung in seiner Stimme war nicht zu überhören.

Isabel schmunzelte. „Ihr wisst doch, dass ich zu Hause nicht so wohlbehütet wohne wie ihr. Was meint ihr, was bei uns in den Kellergängen der Hochhäuser manchmal so abging!“

Daniel starrte sie an. „Ja? Was denn?“

„Gab’s da Leichen?“, fragte Paul.

„Quatschkopf!“, antwortete Isabel. „Natürlich nicht. Aber so hochbegabte Nerds wie wir konnten sich da schon mal eine Tracht Prügel einfangen. Ich hatte nur Glück, dass mich die meisten im Stadtteil kannten und irgendwie ganz nett fanden.“

„Und die anderen?“, fragte Daniel. Ihm schauderte schon bei dem bloßen Gedanken an so eine Hochhaussiedlung.

Isabel lächelte ihn an. „Welche anderen? Ich bin die einzige Hochbegabte im Wohnviertel.“

Dann klatschte sie einmal kurz in die Hände und wollte gerade die Treppe hinuntersteigen. Da schoss ihr der Hund zwischen den Beinen hindurch in den Keller hinab.

Isabel zeigte auf ihn. „Seht ihr? Er rennt runter, ohne zu kläffen. Das heißt, da ist niemand. Bestenfalls werden dort irgendwelche Leckerlis aufbewahrt.“

Isabel knipste das Licht an. Von außen würde niemand das Kellerlicht sehen können.

Dann folgte sie dem Hund nach unten.

Die anderen kamen vorsichtig und mit einigem Abstand hinterher.

Unten angekommen, erwartete sie eine dicke Überraschung.

Zwar behielt Seo-Yun recht. Im Keller standen tatsächlich sowohl ein Regal mit Lebensmittelvorräten als auch eine sauber aufgeräumte Werkbank mit ordentlich aufgehängtem Werkzeug an einer dafür vorgesehenen Lochwand.

Dahinter aber, tiefer im Raum, erkannten die Kinder sofort, was Herr Klefuß sich dort eingerichtet hatte.

„Ein kleiner Schießstand!", rief Paul aus.

Am Ende des Kellers war eine entsprechende Zielscheibenvorrichtung mit einem Kugelauffangbehälter zu sehen.

„Von hier hat er geschossen!", rief Paul und zeigte auf seine Füße.

„Wie kommst du darauf?", wollte Isabel gerade fragen, da sah auch sie die mit einem breiten, gelben Klebestreifen markierte Linie auf dem Boden.

„Und dort ist der Gewehrschrank. Seht ihr?"

Paul zeigte auf einen schmalen Metallschrank, der direkt neben dem Lebensmittelregal stand. Er ging hin und rüttelte an der Schranktür.

„Verschlossen. Wie es sich gehört. Nur blöd für uns. Wenn wir das Gewehr hätten, könnten wir prüfen, ob die Kugeln, mit denen die Drohne zerschossen wurde, wirklich aus seiner Waffe stammte."

„Um das zu prüfen, brauchen wir das Gewehr nicht", sagte Isabel. „Wenn wir ein paar Kugeln in dem Auffangbecken hinter der Zielscheibe finden, reicht das."

Seo-Yun ging hin und sah nach.

„Hier sind welche!", rief sie und steckte sich drei Kugeln der abgeschossenen Munition ein.

Isabel nahm derweil eine Packung mit Hundeleckerlis aus dem Regal, vor dem der Hund schwanzwedelnd Männchen machte und winselte. Isabel gab ihm zwei der Leckerlis.

Anschließend gingen alle gemeinsam wieder hinauf und sahen sich weiter im Wohnzimmer um.

Paul zog nacheinander die Schubladen einer Kommode auf und schloss sie wieder.

„Wonach suchst du?", fragte Seo-Yun.

„Schon gefunden", antwortete Paul und zog ein etwas seltsam anmutendes Buch aus der Schublade.

„Ich glaube, alle älteren Menschen haben so etwas in ihren Schränken“, antwortete Paul.

Seo-Yun schaute ihn etwas ratlos an. „Was ist das?“

„Ein Fotoalbum“, erklärte Paul. „Ich vermute, mit Familienfotos aus seiner Kindheit.“

„Fotoalbum?“, hakte Seo-Yun. „Du meinst, er hat Digitalfotos als Buch drucken lassen?“

Paul schmunzelte. „Nein, Papierfotos. Abzüge nennt man das. Und einzeln eingeklebt.“

Seo-Yun runzelte die Stirn. „Was meinst du damit?“

Sie hatte noch nie von einzelnen Papierfotos gehört. Das hieß … nein, das stimmte nicht ganz. Es gab sogenannte Sofortbildkameras: digitale Fotoapparate, deren Bilder man sofort an Ort und Stelle von demselben Gerät ausdrucken lassen konnte. So etwas hatte Herr Klefuß besessen? „Cool!“, fand sie.

„Nicht, was du meinst“, korrigierte Paul. „Früher, also etwa vor mindestens einem Vierteljahrhundert, hat man noch mit einzelnen Kleinbildfilmen fotografiert. Die musste man in sogenannten Dunkelkammern entwickeln lassen und bekam dann die Negative, von denen wiederum positive Abzüge hergestellt wurden. Ich weiß das von meinen Großeltern. Die haben auch noch solche Alben. Und sogar noch die Fotoapparate.“

Seo-Yun sah Paul an, als hätte er gerade von einem Ausflug auf einen anderen Planeten gesprochen.

„Davon habe ich noch nie gehört", gestand sie. „Darüber musst du mir irgendwann mal mehr erzählen."

„Gern", versprach Paul und begann, in dem Album zu blättern. Er überflog die einzelnen Fotos nur und war schnell mit dem Album durch.

„Hast du gesehen, was ich gesehen habe?", fragte er.

Seo-Yun nickte eifrig. „Ja, echte Papierfotos. Du hattest recht! Total irre!"

„Ich meinte die Motive. Eine ganze Reihe von Familienfotos. Herr Klefuß als kleiner Junge, als Jugendlicher, als Erwachsener. Mit seinen Eltern, mit seinen Großeltern, in der Schule ..."

„Aber?" Seo-Yun hörte Paul an, dass da noch etwas kam.

„Aber keine Schwester!", erläuterte Paul.

Seo-Yun stutzte. „Stimmt! Du meinst ...?"

„Herr Klefuß hat überhaupt keine Schwester", bestätigte Paul. „Das heißt ..."

„... du hattest recht. Herr Klefuß wurde entführt. Aber das haben wir doch eben schon festgestellt."

„Das heißt, Dr. Greedy steckt da irgendwie mit drin.

Denn er hatte doch behauptet, Herr Klefuß wäre bei seiner Schwester. Warum sollte er lügen, außer er weiß, was mit dem Hausmeister wirklich passiert ist?"

„Wow!", hauchte Seo-Yun. „Auch das stimmt!"

„Ich fasse zusammen", sagte Paul. „Wir wissen, die Drohne hat irgendetwas vermessen. Herr Klefuß muss davon gewusst haben und wollte es verhindern, indem er die Drohne einfach abschoss. Das kam Dr. Greedy so sehr in die Quere, dass er Hausmeister Klefuß beseitigen ließ und sich den neuen holte, den Profidieb Stilke. Der wurde offenbar damit beauftragt, all die jüngsten Diebstähle auszuführen."

„Wir haben also die Täter!", sagte Seo-Yun.

„Ja", bekräftigte Paul. „Wir wissen nur noch nicht, was die eigentliche Tat ist. Sprich: Warum tut Dr. Greedy all das? Was wollte er messen? Was hat er gesucht? Was ist sein Plan?"

„Wir werden es herausbekommen", versicherte Seo-Yun. „Aber vielleicht ist die wichtigste Frage sogar: Wo steckt Herr Klefuß, was ist mit ihm geschehen? Und braucht er dringend unsere Hilfe?"

„Ja, du hast recht", stimmte Paul zu. „Leider genügen die Hinweise noch nicht, um die Polizei einschalten zu können."

Plötzlich begann der Hund wieder zu kläffen, obwohl er eigentlich gerade mit Fressen beschäftigt war. Er rannte zur Tür, sprang daran hoch und bellte aufgeregt.

Paul und Seo-Yun sahen sich erschrocken an. Sie wussten das Signal des Hundes richtig zu deuten: Da draußen kam jemand aufs Haus zu.

Isabel und Daniel, die gerade dabei gewesen waren, das Schlafzimmer zu durchsuchen, kamen ins Wohnzimmer gerannt.

„Draußen muss jemand sein!“, zischte Isabel.

Paul und Seo-Yun nickten ihr zu.

Zum Glück hatten sie im Haus kein Licht angeschaltet, sondern bei ihrer Durchsuchung lediglich alles mit ihren Taschenlampen und Stirnlampen ausgeleuchtet. Wenn sie Glück hatten, waren ihre Lichtkegel von außen nicht zu sehen.

Schnell schalteten Seo-Yun und Paul ihre Stirnlampen aus. Die anderen beiden hatten ihre Taschenlampen längst ausgeknipst.

Niemand sagte noch ein Wort.

Paul flüsterte seinen Freunden die verschiedenen Möglichkeiten zu, sich zu verstecken: „Hinter dem Sofa, hinter dem Sideboard mit dem LCD-Fernseher oder im Schlafzimmer. Findet ihr euch im Dunkeln zurecht?“

„Ich kann die Konturen noch gut genug erkennen“, antwortete Isabel ebenfalls leise flüsternd.

„Ja?“, fragte Daniel. „Dann nimm mich an die Hand.“

Isabel griff nach seiner Hand, führte ihn mit sich, tastete sich vor bis zum Schlafzimmer und verkroch sich mit ihm im Kleiderschrank.

In dem Moment wurde vorne die Haustür geöffnet.

Der Hund kläffte wie verrückt.

Jemand betrat das Haus.

Anders als die Kinder hielt der Fremde den Hund nicht im Haus, sondern ließ ihn raus in den Garten laufen. Oder hatte er ihn sogar hinausgejagt? Denn offenbar schloss er nun die Tür hinter sich und sperrte den Hund dadurch aus. Der sprang nun wieder von außen an die Tür und bellte aufgeregt.

Paul konnte das alles zwar nicht sehen, aber er reimte es sich aufgrund der Geräusche zusammen.

Jedenfalls ging jetzt sogar das Licht an, woraus Paul sofort schloss, dass der Fremde keinerlei Furcht hatte, entdeckt zu werden. Demnach betrat er völlig legal das Haus, was wiederum bedeutete: Es konnte nur der neue Hausmeister Herr Stilke sein. Du liebe Zeit! Hoffentlich hatte der nicht vor, sich hier schon einzunisten und die ganze Nacht zu bleiben.

Paul kauerte sich hinter dem Sofa noch mehr zusammen. Er und Seo-Yun rückten so dicht aneinander, wie es nur irgend möglich war.

Nun ging auch im Wohnzimmer das helle Deckenlicht an.

Verdammt!, fluchte Paul innerlich. Es war nur noch eine Frage von Sekunden, und Stilke würde ihn und Seo-Yun hinter dem Sofa entdecken.

In dem Moment erlosch das Licht!

Paul wunderte sich. Hörte dann, wie Herr Stilke mehrmals den Lichtschalter betätigte und schließlich vor sich hin fluchte.

Das durfte nicht wahr sein! Exakt im richtigen Augenblick war die Glühbirne der Deckenlampe durchgeknallt. *Das glaubt uns kein Mensch!,* dachte Paul bei sich. In keinem Krimi würde man dem Autor einen solch zufälligen Glücksmoment durchgehen lassen. Solche Zufälle gab es nur im wahren Leben.

Herr Stilke drehte wieder um und ging in die Küche.

Paul hörte mehrere Türen auf- und zuklappen. Offenbar sucht der nach einer Ersatzbirne, vermutete Paul. Würde er zurückkommen, auch wenn er keine fand?

Pauls Augen hatten sich genügend an die Dunkelheit gewöhnt, sodass er sich zumindest gut im Raum orientieren konnte. Auch schien ein wenig Mondlicht durchs Terrassenfenster ins Wohnzimmer. Paul sah, dass es in diesem Raum noch zwei weitere Lampen gab. Eine Tischlampe auf dem Sideboard neben dem Fernseher. Und eine Stehlampe in der Ecke neben dem Wohnzimmerschrank.

Paul horchte kurz in die Küche, wo Herr Stilke nun offenbar in verschiedenen Schubladen suchte. Gut, das konnte er schaffen.

Paul robbte auf allen vieren los.

Zuerst zur Stehlampe. Er erhob sich, griff in den Lampenschirm und schraubte die Glühbirne lose.

Seo-Yun sah das und begriff gleich, was Paul dort tat. Sie krabbelte sofort los zur Tischlampe, um auch dort die Glühbirne rauszuschrauben.

Wenige Sekunden später trafen sich beide wieder hinter dem Sofa, mit den herausgeschraubten Glühbirnen in den Händen. Sie hatten es gerade noch rechtzeitig geschafft.

Herr Stilke kam zurück und versuchte nochmals, die Deckenlampe anzuschalten. Natürlich vergeblich. Da er aus der hellen Küche kam, hatten sich seine Augen noch nicht so gut an die Dunkelheit gewöhnt. Langsam tapste er auf die Stehlampe zu, suchte nach dem Schalter, knipste sie an und – fluchte.

Das gleiche Spiel mit der Tischlampe.

„Was für ein Saustall!“, schimpfte er und murmelte missgelaunt weiter vor sich hin: „Dann eben morgen. So ein Scheißdreck!“

Er stampfte hinaus in den Flur und öffnete die Haustür, worauf ihm offenbar der kleine Yorkshireterrier entgegensprang.

Paul hörte nur einen weiteren derben Fluch und ein lautes, schmerzerfülltes Quieken des Hundes, dann knallte die Tür zu.

Paul und Seo-Yun verharrten in ihrem Versteck und warteten noch ein wenig ab.

Doch da kam schon der Hund auf sie zugelaufen und begann, Paul das Gesicht abzulecken.

„Er scheint weg zu sein“, sagte Seo-Yun.

„Ja“, antwortete Paul und schob das Hündchen von seinem Gesicht weg. „Ist ja gut. Geh Fressi-Fressi machen in die Küche, ja?“

„Fressi-Fressi?“, wiederholte Seo-Yun. „Du meinst, ein Hund versteht dich besser, wenn du Quatsch redest?“

„Es kommt bei Tieren nicht auf die Worte an, sondern auf den Tonfall“, dozierte Paul. „Ich nehme an, *Fressi-Fressi* hat er schon öfter gehört als *Geh bitte zu deinem Hundefutternapf*!“

Isabel und Daniel betraten das Wohnzimmer.

„Er ist weg“, sagte Isabel.

Seo-Yun und Paul kamen aus ihrem Versteck hervor. Der kleine Yorkshireterrier klammerte sich an Pauls Bein.

„Was hat er gewollt?“, fragte Daniel.

„Ich würde gesagt, Herr Stilke sucht genau das, was wir schon gefunden haben“, erläuterte Paul: „Die Drohne!“

Daniel und Isabel gingen zur Haustür.

„Was habt ihr vor?“, rief Paul ihnen hinterher.

„Wir haben doch alles erledigt“, antwortete Daniel. „Wir haben herausbekommen, dass Herr Klefuß keine Schwester hat. Und dass unsere Theorie ja wohl offenbar stimmt. Dr. Greedy und Herr Stilke haben mit dem Verschwinden von Herrn Klefuß zu tun. Wir müssen jetzt dringend herausfinden, was mit Klefuß geschehen ist und wo er gerade steckt. Ich denke, er braucht unsere Hilfe. Oder?“

„Ja, natürlich“, bestätigte Paul. „Das ist alles richtig. Aber die Möbel!“

Isabel und Daniel sahen Paul fragend an. Das konnte er sogar im schwachen Licht seiner Stirnlampe erkennen.

„Für unseren geheimen Raum 4!“, erinnerte Paul die beiden. „Auch deshalb sind wir doch hierhergekommen!“

„Du willst den Umzug noch durchziehen?“, fragte Isabel verwundert. „Obwohl Stilke gerade hier war?“

„Gerade deshalb“, entgegnete Paul. „Jetzt können wir

sicher sein, dass weder Stilke noch Greedy heute Nacht noch mal hier auftauchen."

Isabel atmete einmal tief durch, seufzte und antwortete dann: „Eigentlich hat Paul recht. Also: Was nehmen wir mit?"

Kapitel 12: Umzug in der Nacht

Offiziell war Hausmeister Klefuß ja angeblich zum Auskurieren einer Krankheit zu seiner Schwester gezogen. Da er in Wirklichkeit aber offenbar weder krank war noch eine Schwester hatte, wunderte es die Kinder auch nicht, dass sich in seinem Bungalow nicht ein einziger Umzugskarton befand.

Die vier Freunde waren sich mittlerweile völlig sicher: Herr Klefuß hatte nie vorgehabt auszuziehen, sondern war völlig überraschend verschwunden, womöglich entführt worden. Sie wollten für ihn nun wenigstens einige seiner wichtigsten privaten Dinge sichern, bevor diese womöglich im Müll landeten. Nur: Was sollten sie mitnehmen, und wie viel konnten sie überhaupt tragen?

Etwas ratlos standen sie im Wohnzimmer und berieten über das Problem. Doch dann lief Daniel in den Keller, kam nach ein paar Minuten wieder hinauf und hielt einen großen Karton in der Hand: „Da packen wir alles hinein, was nach seinen persönlichsten Dingen aussieht, also Fotoalben, wichtige Papiere und so weiter. Okay?“

„Das Persönlichste, was er besitzt, ist wohl sein Hund.“ Isabel schaute auf den Yorkshireterrier, der immer noch an Pauls Bein klebte.

Seo-Yuns Blick erstarrte. „Du willst nicht ernsthaft den Hund mit ins Internat nehmen, oder?“, fragte sie.

„Ich nicht“, antwortete Isabel.

Seo-Yun atmete erleichtert auf.

„Aber Paul!“, ergänzte Isabel.

Paul schaute sie hilflos an, während sich der Hund zutraulich an seinem Fuß rieb.

„ICH?“, fragte er mit jammernder Stimme.

„Der Hund würde doch sofort verraten, dass wir an der Sache dran sind!“, widersprach Seo-Yun.

„Nicht, wenn wir ihn verstecken“, warf Daniel ein.

Sechs Augen richteten sich mit entsetztem Blick auf Daniel.

„Du willst ihn nicht ernsthaft in Raum 4 sperren!“, empörte sich Seo-Yun, obwohl sie am wenigsten von allen etwas mit Tieren anfangen konnte.

Daniel schob sich seine bunte Strickmütze nach hinten

und antwortete: „Natürlich nicht. Sondern bei uns im Zimmer."

Paul riss panisch die Augen auf.

„Haustiere sind im Internat verboten!", rief er.

„Deshalb verstecken wir ihn ja", antwortete Daniel gelassen.

Paul konnte sich das überhaupt nicht vorstellen. „Wie soll das denn funktionieren? Der kläfft doch wie verrückt."

„Nur wenn er sein eigenes Territorium verteidigen will. Aber selbst wenn: Was willst du sonst mit ihm machen?", fragte Daniel zurück. „Wir können immer noch behaupten, Klefuß' Hund sei uns verzweifelt zugelaufen, nachdem sein Herrchen verschwunden ist."

Als hätte der kleine Yorkshireterrier jedes Wort verstanden, legte er seinen treuherzigsten Blick auf.

Paul schmolz das Herz.

„Oje!“, stöhnte er. Selbst bei einer Nachtaktion wie dieser vermummte er sich bis zur Unkenntlichkeit, und nun sollte er illegal ein Haustier halten? Auch das konnte ihn seinen Platz auf dem Internat kosten.

„Oje!“, jammerte er erneut. „Oje, oje!“

Isabel runzelte die Stirn. „Daniel hat recht. Der Kleine würde wohl ins Tierheim kommen. Wollen wir das zulassen?“

„Ein Tierheim ist auch nichts anderes als ein Internat für Tiere. Also würde er leben wie wir. Was ist daran schlimm?“, fragte Seo-Yun.

Doch Isabel widersprach ihr sofort: „Mit der kleinen Ausnahme, dass wir uns aufs Internat gefreut haben und freiwillig und äußerst gern hier sind. Er dagegen …“

Wieder zeigte sie auf den Hund, der sich an Pauls Bein drückte, als ob er genau wüsste, was ihm möglicherweise bevorstand.

„Also gut“, gab Paul nach. „Versuchen wir's. Aber nur übergangsweise! Wir müssen schnell eine andere Lösung für ihn finden.“

„Na klar!“, beteuerte Isabel. „Wir müssen Herrn Klefuß

so schnell wie möglich finden. Dann sind wir auch das Hundeproblem los."

„Gut", entschied Daniel. „Packt ihr die Kiste mit Klefuß' privaten Sachen voll. Ich suche eine Tasche für den kleinen Kläffer."

„Wollen wir ihm denn keinen Namen geben?", fragte Isabel. „Zumindest bis wir Herrn Klefuß gefunden haben?"

„Laika!", antwortete Paul sofort.

Die anderen mussten nicht nachfragen. Jeder von ihnen wusste, wer Laika war: die Hündin, die als erstes Lebewesen von Menschen in die Umlaufbahn der Erde befördert worden war.

„Laika ist übrigens Russisch und heißt Kläffer", erläuterte Paul. „Passt doch!"

„Aber ist das nicht ein Rüde? Oder doch eine Hündin?", fragte Isabel.

„Keine Ahnung", antwortete Paul. „Ist mir auch egal. Er oder sie heißt Laika. Fertig!"

„Gut", beendete Seo-Yun die Debatte. „Dann steckt Laika in die Tüte und gut ist."

„Seo-Yun!", wies Isabel sie zurecht.

„Was denn?", verteidigte sich Seo-Yun. „Ihr wisst doch, was ich meine."

Paul schritt zu einem kleinen Schreibtisch, der im Wohnzimmer in einer Ecke stand. Bei jedem Schritt zog er Laika mit sich, die sich weiter an sein Bein klammerte.

„Könnten wir gut in unserem Raum 4 gebrauchen", sagte er mit Blick auf den Schreibtisch.

Isabel betrachtete den Schreibtisch eher skeptisch.

„Der ist zwar zugegeben nicht besonders groß, trotzdem bezweifle ich, dass wir mitten in der Nacht einen Tisch bis ins Internat transportieren sollten."

Paul hob den Tisch an einer Seite an.

„So schwer ist er nicht", behauptete er.

Isabel umfasste die gegenüberliegende Kante und hob ihn ebenfalls ein Stückchen an.

„Okay", sagte sie entschieden. „*Wir* nehmen den Tisch, Daniel die Kiste und Seo Yun einen Stuhl und die Stehlampe. Einverstanden?"

„Ja", antwortete Seo-Yun. „Mehr schaffen wir ohnehin nicht."

„Habt ihr all die privaten Dinge in der Kiste?", fragte Paul.

Daniel schaute nachdenklich hinein und zählte noch mal auf: „Zwei Fotoalben, zwei Ordner mit den aktuellsten und wichtigsten Papieren. Die Bilderrahmen vom Sideboard, zehn Schallplatten ..."

„Schallplatten?", fragte Seo-Yun. „Aus Vinyl? Cool! Hätte ich dem alten Klefuß nicht zugetraut, dass er als cooler DJ unterwegs ist."

„War er sicher auch nicht", widersprach Daniel. „Es sind wirklich noch uralte Original-Vinylplatten. Rockmusik aus den 1970er-Jahren. Zehn Stück. Mehr hat er nicht. Ich vermute, die liegen ihm am Herzen."

„Irre!", kommentierte Seo-Yun. Sie warf einen Blick in die Kiste und entdeckte zu ihrer Überraschung: „Eine Jacke?"

„Eine Lederjacke mit Harley-Davidson-Logo", erklärte Daniel. „Bestimmt hängt er sehr an ihr."

„Besitzt er ein Motorrad?", fragte Isabel. „Ich hab ihn nie damit gesehen."

„Vermutlich ja", sagte Paul. „Im Flur an der Garderobe liegt ein Motorradhelm."

„Dann nehme ich den auch noch mit", kündigte Daniel an. „Mehr besitzt Herr Klefuß nicht. Also jedenfalls nichts, woran meiner Meinung nach sein Herz hängen könnte."

„Und sein Laptop?", fragte Seo-Yun. „Kopfhörer? iPad? Hat er sein Smartphone bei sich?"

Daniel schüttelte den Kopf. „Ich habe nichts dergleichen gefunden. Ich vermute, Herr Klefuß besitzt keine derartigen Geräte. Ich hab hier auch keinen Router entdeckt. Offenbar hat er nicht einmal einen Internet-Anschluss."

„Kein Internet? Keinen Laptop?", stieß Seo-Yun entsetzt aus. „Wie lebt man im 21. Jahrhundert ohne Netz und Laptop?"

„So wie Herr Klefuß", antwortete Isabel. „Mit Motorrad, Gewehr und Vinylplatten."

„Du meine Güte!", stieß Seo-Yun aus.

„Also", sagte Paul. „Gehen wir?"

„Wenn du mit Laika am Bein überhaupt gehen kannst", erwiderte Isabel lachend.

„Ich sagte doch: Steckt sie in eine Tasche", wiederholte Seo-Yun. „Das war durchaus ernst gemeint!"

Sie lief in die Küche, durchsuchte einige Schränke und kam kurz darauf mit einem Einkaufskorb zurück. Sie legte ein weiches Kissen vom Sofa hinein und verkündete stolz: „Fertig ist das Hundekörbchen!"

Isabel, Paul und Daniel applaudierten.

Paul setzte Laika ins Körbchen und sah zufrieden, wie sie sich gleich ins Kissen kuschelte.

„Funktioniert prima!", rief Paul freudig aus. „Danke, Seo-Yun!"

Jeder mit seinem Gepäck in den Händen konnten sie endlich losgehen.

Paul legte das Hundekörbchen auf den Schreibtisch, den er nun gemeinsam mit Isabel hinaustrug. Daniel trug den Karton mit den paar Habseligkeiten des Hausmeisters.

Und Seo-Yun einen Stuhl und die Stehlampe.

Wie erwartet ging bis zum Internat alles gut. Kurz vor dem Hintereingang blieben sie stehen.

„Ich gehe vor und schaue, ob die Luft rein ist", schlug Daniel vor.

„Die Zusammensetzung der Luft könnte man messen", kommentierte Paul.

Und kicherte.

„Sehr witzig!", konterte Daniel, wurde aber unsicher: „Sagt man das nicht so im Deutschen?"

„Doch, doch!", versicherte Paul. „Schon gut."

Daniel schüttelte verständnislos den Kopf. Und ging dann voran. Der Karton in seinen Händen war nicht allzu schwer, aber groß genug, dass er sein Gesicht vor möglichen Beobachtern gut verbergen konnte.

Er betrat durch den Hintereingang den Da-Vinci-Flügel, sah sich um, stellte den Karton ab, flitzte zurück und gab den anderen Bescheid.

„Die Luft ist …" Mit einem Blick auf Paul stoppte er und sagte: „Alles okay. Ihr könnt kommen."

Nacheinander betraten sie so leise wie möglich den Flur.

Seo-Yun ging sogar auf Zehenspitzen. Isabel und Paul konnten das nicht, weil sie den Schreibtisch trugen. Dennoch setzten sie nur vorsichtig und sanft einen Fuß vor den anderen.

„Am besten gleich durch zum Raum 4", flüsterte Paul Isabel zu.

„Natürlich", antwortete Isabel. „Oder dachtest du, ich mache mit dem Schreibtisch im Gepäck erst mal einen Rundgang durch die Schule? Außerdem muss ja alles in den Raum 4."

„Bis auf Laika!", bemerkte Seo-Yun. „Daniel, willst du nicht mit Laika schon mal hinauf in euer Zimmer gehen? Deinen Karton können wir dann auf den Schreibtisch legen."

„Gute Idee", lobte Daniel. „Dann brauchen wir Laika nicht so viel durch die Gänge zu transportieren. Wer weiß, was der Hund sonst …"

„… anstellen würde", wollte Daniel eigentlich noch gesagt haben.

Doch mit einem Mal sprang Laika laut kläffend aus dem Körbchen heraus und flitzte den Flur entlang.

„Oh Mann! Scheiße!", stieß Daniel aus.

Auch die anderen sahen dem bellenden Hund nur entsetzt hinterher.

„Hol ihn zurück!“, zischte Paul Daniel zu.

„Ich?“, fragte Daniel. „Du! Zu dir kommt er wohl eher.“

„Halt mal.“ Paul setzte den Schreibtisch ab und überließ seinen Platz Daniel.

Dann sprintete er los, Laika hinterher, die immer noch laut bellte.

„Wir sollten sehen, dass wir hier wegkommen!“, mahnte Seo-Yun.

Daniel und Isabel hoben den Schreibtisch an. Seo-Yun stellte den Karton darauf und schnappte sich wieder die Stehlampe und den Stuhl. Dann beeilten sie sich, unbemerkt in den Mozart-Flügel zu ihrem Raum 4 zu gelangen.

Laika war in die entgegengesetzte Richtung zum Einstein-Flügel gerast. Das hatte immerhin den Vorteil, dass der kleine Hund damit fort von den Schlafzimmern im Da-Vinci-Gebäude lief. Aber Laikas Bellen hallte so laut durch die alten, hohen Flure, dass womöglich trotzdem die halbe Schule davon aufwachte.

Paul hetzte hinterher. Er schwitzte erbärmlich unter seiner Wintermütze, die er zur Tarnung nach wie vor trug.

Zu seinem Glück blieb Laika plötzlich stehen und kläffte die Wand an. Paul holte den Hund endlich ein, kniete sich völlig außer Atem zu ihm und zischte wie ein alter D-Zug: „Schschtscht!“

In diesem Augenblick war kaum zu unterscheiden, ob Paul mit diesem Geräusch den Hund ruhigstellen wollte oder ob er einfach nur so schnaufte wie eine alte Diesellok, weil er nach den wenigen Metern Sprint bereits vollkommen außer Atem war. Laika versuchte unterdessen, mit ihren Pfötchen ein Loch in die massive Steinwand zu graben.

Jetzt sah Paul, dass sich tatsächlich eine sehr kleine Öffnung in der Wand befand, die man auf den ersten flüchtigen Blick vielleicht einfach nur für einen kleinen Fehler im Mauerwerk hätte halten können. Doch Paul erkannte schnell, dass es sich wohl um den Unterschlupf eines kleinen Mäuschens handelte, das Laika gewittert hatte. Paul streichelte dem Hund den Nacken und redete beruhigend auf ihn ein.

Es wirkte. Laika stellte tatsächlich das Kläffen ein.

Gleichzeitig aber ging das Licht im Flur an.

Paul erschrak und zuckte zusammen.

Irgendjemanden also hatte Laika durch sein Bellen auf den Plan gerufen.

Hektisch sah Paul sich um. Es gab nicht die geringste Möglichkeit, sich hier irgendwo zu verstecken. Außer …

… raus aus der Seitentür, vorbei an der Einstein-Statue, rüber über den Hof und rein in den Mozart-Flügel, wo die anderen inzwischen angekommen sein dürften. Dann konnte Paul sich zusammen mit ihnen und Laika im Raum 4 verstecken, bis sich hier draußen wieder alles beruhigt hatte.

„Okay", flüsterte Paul dem Hündchen zu. „Schön bei mir bleiben, hörst du?"

Ihm war klar, dass der Hund kein Wort verstand. Aber was sollte er sonst tun? Eine andere Chance hatte er nicht.

Mit Laika auf dem Arm schlich Paul zur Seitentür, öffnete sie, setzte Laika auf dem Boden ab und befahl ihm: „Und jetzt lauf!"

Paul sprintete los.

Sein Plan ging auf. Laika hielt das für ein tolles Spiel und blieb ihm auf den Fersen. Wobei man sagen muss, eigentlich war es umgekehrt. Laika rannte Paul hinterher, überholte den für ihn viel zu langsamen Jungen aber sofort, rannte voraus, sah sich um, kehrte zu Paul zurück, der in seinem absoluten Höchsttempo lief, sauste wieder voran und immer so weiter, bis Paul endlich die Seitentür des Mozart-Flügels erreichte, hinter der ihm gerade Isabel, Seo-Yun und Daniel auf dem Flur entgegenkamen.

In diesem Flügel hatte glücklicherweise niemand das Licht eingeschaltet, sodass sie schnell in das Arbeitszimmer von Professor Krey huschen konnten.

Paul atmete schwer durch, als sie alle drinnen waren.

„Puh“, schnaufte er schwer atmend. „Das war knapp!“

„Du solltest mehr Sport treiben“, mahnte Daniel ihn.

„Pah!“, antwortete Paul. „Ich spiele täglich eine halbe Stunde Schach im Internet.“

Die anderen drei lachten. Sie wussten, dass Schach offiziell als Sportart galt, und auch, dass Paul es ernst meinte und sich wegen seiner Schachleidenschaft wirklich als Sportler fühlte.

Daniel öffnete die Tür zum Raum 4.

Alle traten ein, dann schlossen sie die Tür hinter sich.

Sie hatten es geschafft, alle Sachen sicher in ihr Versteck zu bringen.

Kapitel 13: Viele Gerüchte und eine Entdeckung

Die Nachtaktionen rächten sich. Als Paul und Daniel um 6:30 Uhr von ihren Smartphones geweckt wurden, dachte Paul, ihn träfe ein Hammer auf den Kopf. Sooooo müde war er. Dabei hatte Daniel in der Nacht vor dem Schlafengehen extra noch seine Playlist von Reggae auf seichte Meditationsmusik umgestellt. Die an die Zimmerdecke projizierten Sterne sah Paul mit seinen verschlafenen Augen nur als unscharfe Lichtpunkte.

Daniel hingegen war fit wie immer. Aber das musste er an diesem Morgen auch sein.

Denn kaum ging die Playlist auf seinem Smartphone los, da sprang Laika hinauf aufs Bett direkt auf seinen Bauch und versuchte, ihm das Gesicht abzulecken.

Daniel konnte den kleinen Hund gerade noch abwehren und kraulte ihm den Nacken. Doch Laika wollte nicht schmusen, sondern toben. Blitzartig entzog er sich Daniels Händen, um im nächsten Moment erneut auf ihn zuzuspringen.

Paul beobachtete erleichtert, dass Laika Daniel und nicht ihn zum Opfer auserkoren hatte.

Daniel schubste Laika von sich herunter und sprang aus dem Bett. Dann warf er dem Hund ein paar Leckerlis auf den Boden, die sie aus dem Keller mitgebracht hatten, und begann, sich anzuziehen, ohne vorher ins Bad zu gehen.

„Oh Mann!“, nörgelte Paul. „Was ist denn mit dir los?“

„Wir haben heute viel zu tun“, stellte Daniel klar.

„Wir haben immer viel zu tun“, entgegnete Paul mürrisch.

Daniel krabbelte unter sein Bett und musste erneut Laika beiseiteschieben, der sich dort unten wohl weiteres Futter erhoffte. Statt Hundefutter zog Daniel aber nur einen Stapel Akten hervor und legte ihn auf seinen Schreibtisch. „Die habe ich aus dem Archiv mitgebracht. Die müssen wir dringend durchsehen! Heute gehe *ich* zuerst ins Bad und mache nur Katzenwäsche. Schau du schon mal in die Akten.“

Dann warf er Laika noch weitere Leckerlis vor die Füße

und ging ins Badezimmer, um sich wenigstens noch die Zähne zu putzen.

Paul hob langsam den Kopf und schielte immer noch verschlafen zum Aktenstapel. Gern hätte er noch ein Viertelstündchen geschlafen, statt Papierberge durchzusehen, noch bevor er sich gewaschen und die Zähne geputzt hatte. Aber noch länger zu schlafen, war an diesem Morgen unmöglich. Dafür sorgten Daniel und Laika gemeinsam.

Paul nahm sich also die erste Akte vom Stapel, legte sie sich auf den Schoß und begann, darin zu blättern. Denn er war doch neugierig zu erfahren, ob die Drohne vielleicht tatsächlich nach wertvollen vergrabenen Schätzen gesucht hatte. Das wäre natürlich eine Sensation. Andererseits: Wenn dem so wäre, warum sollte Hausmeister Klefuß dann etwas dagegen gehabt haben?

Paul las die ersten Blätter in der Akte: nur eine Beschreibung der Geschichte der Schule beziehungsweise der Schulgebäude.

Er überflog die Chronik flüchtig.

Doch schon nach wenigen Seiten stutzte er: Da stand etwas über den Erbauer der Anlage, dessen Porträt auch als Gemälde in doppelter Lebensgröße im Foyer des Haupteingangs hing. Darüber etwas zu lesen, wäre eigentlich langweilig gewesen und hätte ihn vermutlich überhaupt nicht interessiert, wenn er da nicht über einen kleinen Absatz im Text gestolpert wäre. Aus dem wurde ersichtlich, dass der Gutsherr Herzog Wilhelm Rathenow irgendwann pleitegegangen war. Weil er sich die Bewirtschaftung seines Landsitzes nicht mehr leisten konnte, hatte er das Anwesen mitsamt Grund und Boden verkaufen müssen. In den Wirren der Deutschen Revolution von 1848/49 war das Anwesen dann in den Besitz des Königreichs Preußen übergegangen und über viele Jahrzehnte im Staatsbesitz geblieben, bis es 1920 an eine Bildungsstiftung verkauft worden war, die daraus zunächst ein normales Internat und sehr viel später, erst im Jahr 1975, das heutige Internat für Hochbegabte gemacht hatte.

Daniel kam aus dem Bad.

„Und?“, fragte er sofort. „Schon etwas gefunden?“

„Nur dass es unsere Schule heutzutage vielleicht nie gegeben hätte, wenn nicht der ursprüngliche Gründer dieses Anwesens irgendwann pleitegegangen wäre. Dann wäre es vielleicht immer noch nur ein herrschaftlicher Landsitz oder so“, antwortete Paul. Er wies auf die Akte und ging ins Bad.

Als er nach einer Viertelstunde wieder herauskam, sah er, dass Daniel nicht nur die eine Akte, sondern sämtliche verstaubte Ordner im gesamten Zimmer ausgebreitet hatte, auf den Knien von einer Akte zur nächsten rutschte und immer wieder vor sich hin murmelte: „Ich glaub's nicht. Unfassbar. Sensationell! Ich glaub's nicht!"

Paul blieb in der Badtür stehen, auch weil er nicht wusste, wie er über das Meer von Akten zu seinem Bett kommen sollte, auf dem er seine Kleidung bereitgelegt hatte.

„Was ist los?", fragte er. „Sag bloß, du hast Hinweise auf einen Schatz gefunden?"

„Allerdings!" antwortete Daniel und begann, die vielen einzelnen Zettel wieder zusammenzusammeln und in die einzelnen Aktendeckel zurückzustecken.

„Wie?", hakte Paul nach. „Echt jetzt? Du bist auf einen Schatz gestoßen?"

Daniel nickte.

„Ja, aber einen ganz anderen, als du dir vorstellst. Dafür aber tausendfach wertvoller. Ach, was sage ich: millionenfach wertvoller!"

„Hä?", fragte Paul und sprang über die kleinen freien Inseln, die Daniel beim Aufräumen geschaffen hatte, zu seinem Bett. „Welche Schätze sind millionenfach wertvoller als ein normaler Schatz?"

„Bodenschätze!", antwortete Daniel. Er hielt Paul eine der vielen Akten entgegen.

Paul nahm sie, blätterte sie auf und sah nun auf seltsam farbige, handgezeichnete Karten. Irgendwie sahen sie aus wie Landkarten, irgendwie aber auch nicht.

„Was ist das?", fragte Paul.

„Das sind sogenannte bodenkundliche Karten", antwortete Daniel. „Irre, oder?"

„Äh …", machte Paul. „Ööööh … Ja … Tja… Aber …"

„Du weißt nicht, was sie bedeuten?", fragte Daniel.

Bevor Paul antworten und seine Wissenslücke ehrlicherweise zugeben konnte, erklärte Daniel es ihm: „Böden können nur dann effektiv genutzt oder auch geschützt werden, wenn man genügend Informationen über sie hat: ihre Beschaffenheit, woraus sie bestehen und so weiter."

„Klar", sagte Paul. So weit hatte er verstanden.

„Dafür schreibt man die Daten der Bodenuntersuchungen auf, früher handschriftlich, später vermutlich auf Lochkarten oder so, heutzutage in bodenkundliche Flächendatenbanken. Und man kann die Bodenbeschaffenheit auch grafisch darstellen, in solchen Karten." Daniel tippte auf die Akte in Pauls Hand. „Daraus kann man dann zumindest ablesen, ob und welche Bodenschätze sich in der Erde dieser Region befinden. Vielleicht sogar auch, in welchem Umfang und wo genau. Das ist hier allerdings sehr vage gehalten. Ich vermute, es war die Aufgabe der

Drohne, diese Daten zu verfeinern und herauszufinden oder zu dokumentieren, in welchem Umfang welche Bodenschätze unter unserer Schule vorzufinden sind."

„Bodenschätze?", fragte Paul. „Unter unserer Schule? Welche denn? Etwa Gold?"

„Fast", sagte Daniel und grinste. „Man nennt es auch schwarzes Gold."

Davon hatte Paul allerdings noch nie etwas gehört. „Was ist denn bitte schön schwarzes Gold?"

„Erdöl!", antwortete Daniel.

„ERDÖL?!", rief Isabel, nachdem Daniel den Mädchen am Frühstückstisch in der Mensa von seiner Entdeckung erzählt hatte. „UNTER UNSERER SCHULE?"

„Pssst!", zischte Daniel und legte sich schnell einen Finger auf den Mund. „Nicht so laut!" Er sah sich zu allen Seiten um, ob irgendjemand Isabels Ausruf mitbekommen hatte. Das schien glücklicherweise nicht so zu sein.

„Erdöl?", fragte Isabel noch mal nach, diesmal in einem extremen Flüsterton.

Daniel flüsterte seine Antwort: „Ja, das geht eindeutig aus den Karten hervor."

„Unter unserer Schule liegt ein Erdölfeld, und niemand weiß davon?", fragte Seo-Yun verwundert nach.

Daniel wiegte den Kopf hin und her, holte sein Smartphone hervor und rief ein paar Fotos auf, die er noch schnell im Zimmer gemacht hatte.

„Ich hab den Aktendeckel abfotografiert. Hier, schaut mal, der handschriftliche Vermerk."

Geheim. Nur für den internen Dienstgebrauch

stand da.

„Fällt euch daran etwas auf?"

Die anderen drei schüttelten die zusammengesteckten Köpfe.

Daniel schüttelte seinen Kopf nun auch, aber nur, weil er fassungslos über seine Freunde war, die nicht erkannten, was er sofort gesehen hatte.

Auf seinem Smartphone blätterte er ein paar Fotos weiter, dann zeigte er wieder das Display in die Runde.

„Und?", fragte er erwartungsvoll. „Jetzt?"

Die Fragezeichen in den Gesichtern seiner Freunde wurden noch größer.

Isabel sagte ratlos: „Das ist ein Foto von deinem Zeugnis. Nur Einsen. Glückwunsch. Hab ich aber auch."

„Ich auch", verkündete Seo-Yun.

„Ich auch", stellte Paul klar.

Daniel stieß einen tiefen Seufzer aus.

„Ja doch! Ich weiß! Darum geht es aber nicht. Seht ihr nicht die Handschrift hier unter *Sonstige Bemerkungen?* Das ist die Handschrift unseres Direktors Professor Dr. Steinbach."

Und bevor irgendjemand Zwischenfragen stellen konnte, blätterte Daniel zurück zum ersten Foto von dem Aktendeckel. „Und dies hier auch!"

„Die gleiche Handschrift", sagte Seo-Yun nachdenklich. Noch erkannte sie aber nicht so recht, was diese Entdeckung bedeutete.

Als der Analytiker der Gruppe aber kombinierte Paul sofort: „Professor Dr. Steinbach weiß also von dem Erdöl! Denn er hat die Akte angelegt und als geheim eingestuft."

„Ganz genau", bestätigte Daniel. Dann zeigte er nochmals auf den Aktendeckel. „Und dieses Datum hier – 1. Februar 1995 – zeigt, dass Professor Dr. Steinbach sogar seit *Jahren* davon weiß. Wenn er also Interesse an der Ölquelle hätte, hätte er wohl sofort etwas unternommen und nicht erst 26 Jahre später mal eine Drohne losgeschickt, um den Boden zu untersuchen."

Jetzt verstanden auch Isabel und Seo-Yun, worauf Daniel hinauswollte.

„Professor Dr. Steinbach hat den Fund des Erdöls unter

Verschluss gehalten, um unsere Schule zu schützen!", fasste Isabel zusammen.

„So sehe ich das auch", erklärte Daniel. „Denn man kann sich schnell ausmalen, was passiert, wenn die Erdölvorkommen hier allgemein bekannt werden."

„Man macht die Schule platt und errichtet auf dem Grund ein schönes Feld für Erdölbohrungen, vielleicht sogar gleich eine industrielle Raffinerie", schlussfolgerte Seo-Yun. „Und verfrachtet das Internat in irgendeinen Neubau unten im Dorf."

„Oder schafft das Internat ganz ab", spitzte Paul die Möglichkeiten noch zu. „Das wollte Professor Steinbach wohl verhindern."

„Ich wusste schon immer, dass mir Professor Steinbach sehr sympathisch ist", stellte Isabel fest.

Doch Daniel war noch nicht fertig mit seinen Schlussfolgerungen. „Aber irgendjemand muss Wind von der Sache bekommen haben. Sonst wäre die Drohne nicht gekommen."

„Und es liegt auch auf der Hand, was diese Leute vorhaben", ergänzte Paul.

Die anderen sahen ihn erwartungsvoll an. Doch Paul sprach nicht weiter, sondern schaute seinerseits nur verwundert auf die fragenden Gesichter der anderen.

„Wieso?“, hakte er schließlich nach. „Das ist doch wohl wirklich sonnenklar!“

„Erstens ist die Sonne alles andere als klar, sondern ein wabernder, flirrender Feuerball“, entgegnete Seo-Yun. „Und zweitens: WAS ist klar?“

„Man hätte die Behörden ja längst informieren können, wenn man Interesse daran hätte, dass hier Öl gefördert wird. Professor Steinbach hat das nicht getan, weil er die Schule nicht opfern will. Wenn jetzt aber neue Leute Interesse an dem Öl haben, dann wollen die damit reich werden. Also müssen sie zuvor das Grundstück kaufen, um es dann mit Millionengewinnen an Erdölfirmen weiterverkaufen zu können.“

Seo-Yun, Daniel und Isabel zogen gleichzeitig die Augenbrauen hoch.

„Und da das Grundstück eigentlich unverkäuflich ist, solange es sich um ein Internat handelt …“, begann Isabel.

Seo-Yun übernahm das Wort und führte weiter aus: „… müssen sie erst einmal dafür sorgen, dass die Schule geschlossen wird.“

„Deshalb die Einbrüche, der Vandalismus, die Gerüchte in den Zeitungen und so weiter“, ergänzte Daniel. „Die wollen die Schule in Misskredit bringen, damit sie dichtmachen muss.“

Paul nickte. „Und deshalb sicher auch der neue Hausmeister mit der dubiosen Vergangenheit!"

„Wow!", stieß Daniel aus. „Was für ein mieser Plan."

„Dr. Greedy macht also keine Werbekampagne, wie er Isabel vorgeflunkert hat", fasste Paul zusammen. „Sondern wohl eher eine Anti-Werbekampagne. Gegen die Schule, damit er sich den Grund und Boden unter den Nagel reißen kann, von dem noch niemand weiß, wie wertvoll der ist."

„Außer Professor Dr. Steinbach", erinnerte Isabel. „Und der kommt morgen von seiner Reise zurück."

„Und schwebt, wenn ihr mich fragt, ab jetzt in höchster Gefahr", sagte Seo-Yun. „Denkt daran, was mit Herrn Klefuß passiert ist. Plötzlich verschwunden."

„Wovon Professor Steinbach noch nichts wissen dürfte", befürchtete Daniel. „Leute, wir müssen sofort die Polizei verständigen."

Paul winkte ab. „Nutzlos. Wir können erstens nichts beweisen. Und zweitens …" Er legte eine dramaturgische Pause ein, ehe er fortfuhr: „… müssten wir der Polizei dann verraten, dass unter der Schule eine Erdölquelle sprudelt. Genau das aber wollte Professor Steinbach doch immer verhindern."

Erwartungsvoll schaute er in die Runde.

Die anderen verstanden.

Isabel sprach es aus: „Wir müssen den Professor höchstpersönlich vom Flughafen abholen, ihn warnen und mit ihm gemeinsam Dr. Greedy das Handwerk legen!"

Alle vier legten ihre Hände verschwörerisch übereinander auf den Tisch.

„So machen wir's", schworen sie sich.

„Es leben die YOUNG DETECTIVES!", rief Paul immer noch mit gedämpfter Stimme.

»Hä?", fragte Seo-Yun. „Wer sind die YOUNG DETECTIVES?"

„Na, wir!“, antwortete Paul.

Daniel, Isabel und Seo-Yun sahen sich etwas verwundert an.

Dann grinsten sie einander zu.

Und fielen schließlich gemeinsam ein: „Es leben die YOUNG DETECTIVES!“

„Wir verpassen jedem von uns ein drittes Auge“, verkündete Paul, als er am Abend in ihrem Geheimraum den anderen seinen Plan darlegte, den Direktor zu dessen eigenem Schutz am Flughafen abzufangen. „Wir vier verteilen uns auf dem Flughafen an den strategisch wichtigen Punkten und beobachten das Geschehen.“ Paul malte mit Kreide den Umriss des Flughafens auf den Boden und machte dort Kreuze, wo sie sich seiner Meinung nach platzieren sollten. „Gleichzeitig beobachtet jeder seine Umgebung, indem er sie mit seinem Smartphone filmt. Ich richte uns eine Videokonferenz ein und habe alle Smartphone-Übertragungen im Blick. So haben wir eine Rundum-Überwachung wie ein Kaufhausdetektiv.“

„Klingt super“, lobte Daniel.

„Ja“, stimmte Seo-Yun ihm zu. „Aber ich schlage vor, *ich* übernehme die Vernetzung und die Kontrolle.“

Paul stimmte ihr zu. „Da hast du recht. Du bist in technischen Fragen besser und schneller als ich.“

„Ich finde die Idee auch gut“, bekräftigte Isabel. „Mir ist nur nicht ganz klar: Wozu? Ich meine, wir erkennen den Direktor doch auch so sofort.“

„Es geht nicht um den Direktor“, stellte Paul klar. „Ich bin mir sicher, dass dem Direktor von den gleichen Leuten aufgelauert wird, die auch Herrn Klefuß entführt haben. Und ich will wissen, wer das ist. Unsere Smartphone-Überwachung kann Seo-Yun aufzeichnen, sodass wir auch später noch auf den Videos nachschauen können, wer uns verdächtig vorkommt.“

Isabel nickte ihm zu. „DAS ist wirklich eine gute Idee. Bleibt nur noch ein Problem: Direktor Steinbach landet planmäßig morgen Vormittag um 10 Uhr 15. Zum Flughafen brauchen wir mit dem Bus und dem Zug und wieder mit dem Bus mindestens ein bis eineinhalb Stunden. Alles in allem also kostet uns das den gesamten Vormittag. Wie melden wir uns vom Unterricht ab, ohne aufzufallen und Verdacht zu erregen?“

„Grippewelle vortäuschen?“, fragte Daniel.

Isabel schüttelte den Kopf. „Die nur uns vier trifft? Glaubt doch kein Mensch.“

„Wir schwänzen einfach!“, schlug Paul vor.

Die anderen schauten ihn entsetzt an.

Schwänzen? Dieser Begriff existierte auf dem Eliteinternat Leonardo Da Vinci für Hochbegabte überhaupt nicht. Ausnahmslos alle Schüler hier lernten für ihr Leben gern. Es gab überhaupt keinen Unterschied zwischen Unterricht und Freizeit, weil die Freizeit aller Schüler darin bestand, an ihren Unterrichtsprojekten weiterzuarbeiten und zu forschen. Niemand wäre je auf die Idee gekommen, freiwillig auch nur eine einzige Unterrichtsstunde zu versäumen. Ganz im Gegenteil. Der schlimmste Tag im Jahr für alle Schüler dieser Schule war zweifelsfrei der letzte Schultag vor den großen Sommerferien, an dem sie alle nach Hause in die Ferien entlassen wurden. Die Schüler hassten die Ferien und wollten um keinen Preis ihre Schule und damit ihre Labore, Arbeitsplätze, ihre Projekte verlassen. Diesen Tag nannte Direktor Steinbach immer „den Großkampftag", weil mitunter sämtliche Lehrkräfte erforderlich waren, um alle Schüler ausfindig zu machen, aus teilweise abenteuerlichen Verstecken zu zerren und sie dann in den Bus zum Bahnhof zu setzen oder an ihre wartenden Eltern zu übergeben.

In einer solchen Schule vorzuschlagen, „einfach zu schwänzen", wie Paul es gerade getan hatte, das war so unglaublich, so über alle Maßen undenkbar, als hätte er einem Astronauten vorgeschlagen, für seinen nächsten Weltraumflug eine Seifenkiste zu benutzen.

Deshalb wiederholte Isabel noch einmal fassungslos: „SCHWÄNZEN?“

Doch Paul blieb cool und beharrlich.

„Ja“, antwortete er. „Wir gehen einfach nicht in den Unterricht und fahren zum Flughafen. Zum Schutz unseres Direktors! Natürlich sagen wir es vorher aber niemandem. Und hinterher wird sich ja alles aufklären, unter anderem durch Direktor Steinbach selbst. Er weiß ja, dass wir recht haben; er weiß von dem Erdöl. Und ganz sicher wird ihm eine Lösung einfallen, uns ungestraft davonkommen zu lassen, ohne den wahren Grund zu verraten. Er wird ja schnell begreifen, dass wir nur die Schule retten wollen. Genauso wie er.“

„Wow“, sagte Isabel anerkennend. „Ein kühner Plan!“

„Allerdings“, gab Daniel zu. „Nie im Leben hätte ich gedacht, dass ich einmal die Schule schwänzen würde.“

Die vier verzogen die Gesichter, als hätten sie alle gleichzeitig in eine furchtbar saure Zitrone gebissen. Allein schon dieser Begriff: „Schule schwänzen“. Brrrrrrrrr!

„Ich weiß“, räumte Paul ein. „Es wird uns ein bitteres Opfer abverlangt; ein enorm schweres Los, das wir schultern müssen. Aber es geht um unser Ein und Alles. Um das, was uns von allem am wichtigsten ist: unsere Schule!“

Die Gesichter hellten sich auf und verwandelten sich in entschlossene Kampfesmienen. Auf einen Schlag fühlten sich die vier wie edle Ritter, dazu berufen, ihre Burg vor dem Untergang zu bewahren.

„Für unsere Schule!", rief Paul so enthusiastisch, dass nur noch ein frisch geschmiedetes vergoldetes Schwert fehlte, das er gen Himmel streckte. Stattdessen verwendete er einen Plastikkugelschreiber aus dem Deutschen Museum in München.

Doch die anderen stimmten entschlossen ein: „Für unsere Schule!"

Kapitel 14: Die YOUNG DETECTIVES im Einsatz

Seo-Yun hatte sich im Abholbereich des Flughafens eine stille Ecke im Wartebereich gesucht. Nun betrachtete sie den Bildschirm ihres Laptops, den sie sich auf die angewinkelten Knie gelegt hatte. Drei Fenster hatte sie geöffnet: die drei Smartphones ihrer Freunde, die sie mit ihrem Laptop über eine einfache Videokonferenz-App miteinander vernetzt hatte. Jedes Fenster zeigte eine Live-Videoübertragung. Isabel hatte sich direkt

vor der Ausgangstür aufgebaut, wo alle warteten, die jemanden abholen wollten. Sie stand ein wenig abseits, um die Wartenden im Blick, besser gesagt: im Bild zu haben. Sie brauchte sich nicht weiter zu tarnen. An dieser Ankunftsstelle der Reisenden zu filmen oder zu fotografieren, war nicht Besonderes. Etliche Wartende hantierten ebenfalls mit ihren Smartphones herum.

Daniel hatte sich draußen vor dem Ausgang aufgebaut. Er hatte sowohl den Taxistand als auch die Bushaltestelle im Blick und filmte jeden, der den Flughafen verließ. Daniel tat so, als würde er mit dem Smartphone spielen oder chatten. Er hielt es auf Bauchhöhe, um alles aufzunehmen.

Und Paul hatte sich im Parkhaus in der Nähe des Parkscheinautomaten postiert, um alle im Blick zu haben, die mit dem Auto kamen oder fortfuhren.

PSTs Flug ist vor zwanzig Minuten gelandet

schrieb Seo-Yun in den Chat. Alle wussten, dass mit „PST“ Professor Steinbach gemeint war, auf den sie warteten.

Er müsste also jeden
Moment herauskommen.

Isabel schrieb

👍

Und kurz darauf:

Er kommt!

Gleichzeitig meldete sich Paul.

Achtung! Seht ihr?

Obwohl die drei Fenster plus Chat auf den Displays der Smartphones winzig waren, erkannten Daniel und Isabel, was Paul meinte und was Seo-Yun auf ihrem Laptop längst entdeckt hatte. Aus dem Parkhaus kam der neue Hausmeister Herr Stilke.

Will der PST
abholen?

fragte Daniel im Chat.

Paul bezweifelte das.

PST kennt ihn noch gar nicht

gab er zu bedenken.

Was hat er sonst hier zu suchen?

fragte Daniel weiter.

Er trifft sich mit jemandem. Seht ihr?

schrieb Paul.

Die anderen sahen den Mann, den Herr Stilke jetzt begrüßte. Er wirkte jünger und schmächtiger als der neue Hausmeister und trug einen teuer aussehenden Anzug mit weißem Hemd und dunkler Krawatte. Ein bisschen wirkte er, wie man sich vielleicht einen Makler oder Bankangestellten vorstellte.

Wer ist das?

fragte Daniel im Chat.

Aber niemand kannte ihn.

Seo-Yun fertigte schnell ein paar Screenshots an, obwohl sie die ganze Szene ja sowieso aufzeichnete. Aber per Foto konnten sie später leichter eine Ausschnittvergrößerung vornehmen und über den Mann recherchieren.

Direktor Steinbach verließ die Empfangshalle, was Isabel gleich an alle weitergab, weil sie wegen des Chats gerade nicht weiterfilmte.

Achtung, PST verlässt die Halle.

Die Antwort von Paul kam prompt:

Stilke und Mann verabschieden sich.
Stilke schaut zum Ausgang.
Ich glaube, er will PST wirklich abholen.

Jetzt schaltete Seo-Yun sich ein.

Verhindern!!!

schrieb sie.

Isabel, Paul und Daniel wussten sofort, was Seo-Yun ihnen damit sagen wollte: Sie waren hierher zum Flughafen gekommen, um Direktor Steinbach vor einer Entführung zu bewahren. Wenn jetzt dieser neue, dubiose Hausmeister hier auftauchte, dann war die Abholung des Direktors vermutlich nur ein Vorwand, ein Täuschungsmanöver. In Wahrheit war sehr wahrscheinlich Stilke es, der den Direktor entführen sollte. So wie er zuvor vermutlich auch schon seinen Vorgänger Hausmeister Klefuß entführt hatte! Mit anderen Worten: Sie musste handeln, um die Entführung zu verhindern. Und zwar sofort!

Isabel rannte aus der Empfangshalle heraus.

Paul biss sich nervös auf die Unterlippe. Innerhalb weniger Sekunden musste ihm etwas einfallen.

Dann hatte er es!

Er rannte über die Straße, direkt auf Direktor Steinbach zu.

„Herr Professor! Herr Professor!“, rief Paul.

Der blieb am Anfang des Zebrastreifens stehen, den er gerade überqueren wollte, und wunderte sich.

„Paul? Was machst du denn hier?“, fragte er.

„Wir holen Sie ab!“, rief Paul, so laut und deutlich, dass die anderen ihn über die Videokonferenz auch gut hören konnten.

Isabel jedenfalls hörte es.

„Wir?“, fragte der Direktor immer noch erstaunt. „Dr. Greedy schrieb mir, dass er mich abholen lässt. Aber dass du das bist …“

„Genau!“, schaltete Paul schnell. „Wir sind das. Meine Freunde und ich.“

In dem Moment kam Isabel auf die beiden zu.

„Hallo, Herr Professor Steinbach“, grüßte sie freundlich. „Herzlich willkommen zu Hause.“

„Danke, danke“, sagte Direktor Steinbach. „Das ist sehr freundlich.“

Er sah sich ein wenig ratlos um.

„Ich hatte zwar geglaubt, Dr. Greedy holt mich mit dem Wagen ab. Aber wir können uns natürlich auch ein Taxi nehmen.“

Er ließ seinen Rollkoffer für einen Moment los, um mit erhobenem Arm ein Taxi herbeizuwinken.

Seo-Yun sah, wie Herr Stilke auf der anderen Straßenseite stehen blieb und den Direktor beobachtete, den er ja eigentlich hatte abfangen wollen.

Na also!, dachte Seo-Yun bei sich. *Da haben wir es doch: Würde Stilke den Direktor einfach nur abholen wollen, würden ihn Paul und Isabel nicht stören. Er würde trotzdem rübergehen und den Direktor begrüßen.*

Aber Stilke tat das Gegenteil: Mürrisch beobachtete er Steinbach aus sicherer Entfernung und schien zu grübeln, was er jetzt weiter unternehmen sollte.

Seo-Yun hatte nun keinerlei Zweifel mehr: Sie hatten soeben die Entführung ihres Direktors verhindert!

Direktor Steinbach stieg gemeinsam mit Isabel und Paul ins Taxi. Dann fuhr es los.

Seo-Yun beobachtete das auf ihrem Bildschirm.

„Öh … Moment mal!“, stotterte sie überrascht.

Da stand Daniel plötzlich neben ihr. „Die sind jetzt nicht ernsthaft ohne uns losgefahren, oder?“, empörte er sich.

„Doch“, antwortete Seo-Yun ihm seelenruhig. „Ich denke, schon.“

Sie klappte ihren Laptop zu, ging hinaus und traf sich mit Daniel am Ausgang.

„Und wir können mit Bus und Bahn nach Hause fahren“, klagte Daniel. „Das dauert wieder ewig.“

„Ihr fahrt mit mir“, befahl ihnen plötzlich eine tiefe Stimme.

Seo-Yun und Daniel schauten sich um. Der neue Hausmeister Herr Stilke stand mit einem Mal direkt vor ihnen. Bevor sie in irgendeiner Weise reagieren konnten, hatte Herr Stilke sie beide am Kragen gepackt. Obwohl er nur an der Kleidung zerrte und die Kinder selbst gar nicht berührte, spürte Seo-Yun sofort, wie fest der Griff des neuen Hausmeisters war. Es gab kein Entkommen. Sie brauchte es gar nicht erst zu versuchen. Auch Daniel unternahm nicht den geringsten Versuch, sich aus der Pranke zu winden und abzuhauen. Wie reuige Diebe ließen sie sich von Herrn Stilke abführen und zum Auto zerren.

Daniel überlegte kurz, ob er laut um Hilfe rufen sollte. Doch dann kam er sehr schnell zu dem Schluss, dass ihn das nicht retten würde. Herr Stilke konnte sich sicher als offizieller neuer Hausmeister des Internats ausweisen. Und wenn er behauptete, er hätte nur zwei Ausreißer geschnappt, würden ihm das sicher jeder Erwachsene und erst recht die Polizei glauben.

Mit großen Schritten marschierte Herr Stilke mit den beiden Kindern im Schlepptau durchs Parkhaus, stieß sie auf den Rücksitz seines Wagens, stieg selbst vorn ein und brauste los.

„Was haben Sie mit uns vor?“, fragte Seo-Yun todesmutig.

Daniel war sicher, sie beide würden jetzt ebenso entführt werden wie Herr Klefuß. Auch Seo-Yun vermutete das, denn sie hakte sofort nach: „Sie werden kein Glück damit haben, uns zu entführen wie Herrn Klefuß.“

Herr Stilke blickte sich nicht einmal um, als er antwortete: „Klefuß entführt? Der ist krank und zu seiner Schwester gezogen. Das wisst ihr doch!“

„Ha!“, konterte Seo-Yun. „Das glauben Sie doch selbst nicht. Was haben Sie mit uns vor?“

Gute Ablenkung!, dachte Daniel. Heimlich prüfte er, ob Paul und Isabel noch in der Videokonferenz waren. Seo-Yun hatte sie ja ursprünglich eingerichtet und noch nicht beendet. Auch wenn sie ihren Laptop geschlossen hatte, lief die Konferenz dennoch weiter. Seo-Yuns Computer war noch an – bei zugeklapptem Deckel.

Perfekt!, dachte Daniel bei sich. Erleichtert stellte er fest, dass auch Paul und Isabel noch eingeloggt waren. Sie konnten also, wenn sie auf ihre Smartphones schauten, alles mitverfolgen, was hier im Auto geschah.

„Ich will euch nur davor bewahren, Dummheiten zu machen“, antwortete Herr Stilke auf Seo-Yuns bange Frage.

„Wir? Wir machen nie Dummheiten“, versicherte Seo-Yun ihm. Natürlich wusste sie, was Stilke mit „Dummheiten“ gemeint hatte: nicht etwa irgendwelche scherzhaften Schülerstreiche, sondern ihre Nachforschungen zur Drohne. Die wiederum konnte aber Stilke ihnen nicht nachweisen. Deshalb stellte sie sich ihrerseits nun dumm.

„Ihr macht vielleicht keine Dummheiten“, knüpfte Herr Stilke an. „Aber vielleicht eure Freunde, die gerade den Direktor abgeholt haben. Ich frage mich wieso? Was wolltet ihr am Flughafen? Wieso habt ihr den Direktor empfangen?“

„Wir mögen ihn“, antwortete Seo-Yun. Das war ja nicht mal gelogen. „Und wir sind brave und fleißige Schüler. Wir holen gern unseren Direktor vom Flughafen ab.“

„Ihr wollt euch bei eurem Direktor nur einschleimen?“, fragte Herr Stilke nach.

Seo-Yun schluckte ihre Empörung herunter. Noch nie in ihrem ganzen Leben hat sie sich bei irgendjemandem „eingeschleimt“. Das hatte sie überhaupt nicht nötig. Sie hatte schon immer durch Leistung überzeugt. Ebenso wie alle anderen Schüler im Internat auch. Wusste Herr Stilke etwa nicht einmal, dass er sich in einem Internat für Hochbegabte befand? Aber als Ausrede und Alibi passte es gerade ganz gut. Deshalb behauptete Seo-Yun einfach: „Ja, genau. Mit Einschleimen sind wir bisher immer am besten gefahren."

„Gut", kommentierte Herr Stilke. „Dann könnt ihr euch jetzt bei mir einschleimen. Wenn nämlich ihr oder eure Freunde, die gerade beim Direktor im Auto sitzen, ihm irgendwelche Dummheiten erzählen wollt, also zum Beispiel irgendwelche Anschuldigungen oder einen abstrusen Verdacht, dann würdet ihr das später sicher sehr bereuen."

Das war unmissverständlich eine Drohung.

Seo-Yun und Daniel schauten sich entsetzt und ängstlich an, während Herr Stilke weitersprach: „Ich an eurer Stelle würde lieber *sofort* dafür sorgen, dass eure Freunde im Auto des Direktors nichts Unbedachtes sagen."

„Worüber denn?", fragte Seo-Yun. „Ich weiß ehrlich gesagt gar nicht, wovon Sie sprechen."

„Zum Beispiel von der Drohne, die ihr angeblich gesehen habt", antwortete Herr Stilke ganz direkt.

Seo-Yun kniff die Lippen zusammen.

Mist!, dachte sie. Herr Stilke wusste mehr, als ihnen lieb sein konnte.

„Öh ....", antwortete sie zaghaft und bot an: „Ich könnte ihnen eine Warn-SMS schreiben."

„Das wäre ein guter erster Schritt", sagte Herr Stilke, immer noch in deutlich drohendem Tonfall.

Seo-Yun hätte eigentlich weder anrufen noch eine SMS schicken müssen. Denn Isabel und Paul hatten dem Direktor im Taxi bereits alles erzählt. Und sie waren die ganze Zeit online geblieben, sodass Paul, Isabel und auch der Direktor das gesamte Gespräch zwischen Seo-Yun, Daniel und Herrn Stilke live mitgehört hatten.

Trotzdem schrieb Seo-Yun die SMS. Schließlich konnte sie ja nicht wissen, ob und was ihre Freunde alles mitbekommen hatten.

Isabel las die SMS im Taxi laut vor und fügte hinzu: „Herr Stilke droht uns nun ganz offen."

„Ich danke euch sehr für eure Hilfe und eure Umsicht, Kinder", sagte der Direktor. „Ich weiß nun Bescheid, dass ich dem neuen Hausmeister auf keinen Fall trauen darf, aber wohl leider auch meinem Stellvertreter nicht. Dennoch: Als Erstes müssen wir herausbekommen, wo der gute, alte Herr Klefuß steckt. Bevor wir ihn nicht gefunden haben und in Sicherheit wissen, können wir nichts gegen die beiden unternehmen."

„Wenn es überhaupt nur die beiden sind", merkte Paul an. „Irgendwie habe ich das Gefühl, da gibt es noch Hintermänner. Herr Stilke hatte sich ja auch nach Ihrer Landung mit jemandem am Flughafen getroffen. Wir versuchen heute Abend herauszubekommen, wer das war."

Direktor Steinbach hob seine rechte Augenbraue zu einem mahnenden, kritischen Blick.

„Ihr seid ja richtige Detektive", begann er milde lobend, doch Isabel wusste sofort, dass da noch etwas nachkommen würde. „Ich bin euch auch sehr, sehr dankbar. Aber dennoch solltet ihr euch ab sofort aus der Sache heraushalten. Herr Klefuß ist, wie ihr sagt, verschwunden, und das bedeutet, dass diese Angelegenheit ernst ist und womöglich auch sehr gefährlich. Ab sofort werde ich die Sache selbst in die Hand nehmen. Und zunächst meinen Stellvertreter zur Rede stellen und zusehen, dass wir den neuen Hausmeister wieder loswerden."

Isabel und Paul nickten brav und wechselten einen Blick. Sie wussten, weder sie beide noch Seo-Yun und Daniel würden sich an die Bitte des Direktors halten. Sie hatten die Ermittlungen aufgenommen, jetzt wollten sie diese auch abschließen. Und: Sowohl Paul als auch Isabel waren in diesem Moment überzeugt, dass Direktor Steinbach ihre Hilfe noch benötigen würde.

Kapitel 15: Wo ist Direktor Steinbach?

Als sie die Schule erreichten, war nicht nur Direktor Steinbach äußerst überrascht. Auch Paul und Isabel schauten verblüfft aus dem Autofenster.

Vor dem Haupteingang der Schule war nicht nur der kleine Schulparkplatz, sondern auch der gesamte Straßenrand zugeparkt.

Direktor Steinbach wollte das Taxi wie üblich bis auf den Hof fahren lassen. Doch der Fahrer hielt kurz vor dem Tor und sagte: „Weiter komme ich nicht!"

Direkt in der Hofeinfahrt hatte sich eine Traube von Menschen versammelt. Paul schätzte, so ungefähr zwanzig bis dreißig Personen.

„Was ist denn da los?", wunderte sich Direktor Steinbach.

Paul ergänzte die Frage: „Was sind das für Leute?"

Isabel erkannte eine Frau, die mitten in der Gruppe stand. „Die brünette Frau dort vorn in der grau-grünen Jacke ist eine Redakteurin der Lokalzeitung. Die war bei meiner Preisverleihung, als ich den Nachwuchspreis in Chemie bekommen habe."

„Redakteurin der Lokalzeitung?", fragte Paul. „Sind die alle von der Presse?"

„Nein", antwortete Direktor Steinbach, während er den Taxifahrer bezahlte und sich eine Quittung ausstellen ließ. „Die meisten sind Eltern unserer Schüler."

Isabel zog ihre Augenbrauen hoch. „So viele Eltern wohnen in der Nähe? Das hätte ich nicht gedacht."

„Eben nicht. Das ist es ja", ergänzte Direktor Steinbach. „Soweit ich das von hier erkenne, sind einige von weit her gekommen. Da vorn zum Beispiel, seht ihr? Das sind Alemees Eltern. Aus Paris!" Er seufzte, atmete einmal tief durch und fügte hinzu: „Na, mal schauen, was die wollen."

Als er ausstieg, war Dr. Greedy schon zur Stelle. Anstatt aber den Direktor zu begrüßen, hieß er nur die Gruppe der Eltern willkommen und führte sie in den Mozart-Flügel. Offenbar hatte er die Ankunft des Direktors noch gar nicht mitbekommen.

„Geht ihr auf eure Zimmer", bat der Direktor Paul und Isabel. Er selbst nahm seinen Rollkoffer aus dem Koffer-

raum und schritt langsam der Gruppe hinterher. Die Lokalredakteurin allerdings hatte sich aus der Gruppe gelöst, weil sie Direktor Steinbach entdeckt hatte. Mit schnellen Schritten kam sie auf ihn zu und fragte sofort: „Herr Direktor Steinbach. Besteht die Gefahr, dass Ihre Schule geschlossen wird?“

Paul und Isabel standen noch so nah, dass sie das Gespräch gut mithören konnten.

Direktor Steinbach blieb stehen und war sichtlich verwirrt. „Wie kommen Sie denn darauf?“

„Na, deshalb gibt es doch die Elternversammlung. Weil Sie die Sicherheit der Schule kaum noch gewährleisten können.“ Und dann zählte die Redakteurin alle Fälle von

Diebstahl und Vandalismus auf, die die YOUNG DETECTIVES auch schon mitbekommen hatten. Nur das Verschwinden des Hausmeisters erwähnte sie nicht. Außer den YOUNG DETECTIVES glaubten ja alle noch, er wäre erkrankt und wohnte nun bei seiner Schwester. Offenbar war niemand auf den Gedanken gekommen, mal nachzuforschen, ob der Hausmeister überhaupt eine Schwester hatte. Alle beschränkten sich darauf, ungeprüft die Legende nachzuplappern, die Dr. Greedy in die Welt gesetzt hatte.

Direktor Steinbach erklärte der Journalistin, dass er soeben erst von seiner Geschäftsreise zurückgekehrt war, und bat sie, ihn in zwei Stunden erneut aufzusuchen. Erst dann sei er informiert genug, um etwas dazu sagen zu können. Dann eilte der Gruppe hinterher.

Paul und Isabel blieben stehen. Von hinten hörten sie das Motorengeräusch eines sich nähernden Wagens.

Paul drehte sich um und warnte: „Nix wie weg. Das ist Stilke!“

„Seo-Yun und Daniel müssten sich in dem Wagen befinden“, sagte Isabel.

Die beiden liefen auf den Hof, versteckten sich hinter der Mauer der Hofeinfahrt und lugten um die Ecke. Sie sahen, wie der neue Hausmeister aus dem Wagen stieg und die Tür hinter dem Fahrersitz öffnete.

Seo-Yun und Daniel stiegen aus.

Isabel atmete tief durch. „Gott sei Dank. Sie sind hier und unversehrt!"

„Wir sind immer noch in der Konferenz", stellte Paul fest. „Wir hören, was sie sagen."

Herr Stilke warnte die beiden noch einmal eindringlich, sich vollständig aus „der Sache mit der Drohne herauszuhalten". Erst danach ließ er Seo-Yun und Daniel gehen, die sofort in den Innenhof liefen.

„Pst!", machte Paul, als sie auf seiner Höhe ankamen.

Seo-Yun und Daniel fuhren erschreckt zusammen.

Paul winkte sie hastig zu sich hinter die Mauer, damit Herr Stilke, der noch an seinem Wagen stand und jetzt telefonierte, sie nicht mehr sehen konnte.

„Jetzt sind wir schon von zwei Seiten ermahnt worden, mit unseren Ermittlungen aufzuhören. Einmal vom Direktor, weil er sich um uns sorgt. Einmal von Stilke als massive Drohung", erläuterte Paul, während sein Blick rüber zum Mozart-Flügel ging. Beiläufig nahm er wahr, dass die Redakteurin der Lokalzeitung vor der Tür des Mozart-Flügels stehen geblieben war, um ebenfalls zu telefonieren.

„Was heißt, dass der Direktor mit seiner Besorgnis recht haben dürfte", ergänzte Daniel.

Paul schaute ihn befremdet an. „Aber du willst doch nicht ernsthaft aufhören, oder? Es geht um das Überleben unserer Schule."

„Wir konnten hören, was Stilke mit euch besprochen hat", berichtete Isabel, „weil Seo-Yun die Konferenz aufrechterhalten hat. Sehr gut gemacht, Seo-Yun."

Seo-Yun nickte nur kurz. Für sie war das selbstverständlich.

„Aber konntet ihr auch uns hören?", fragte Isabel.

Seo-Yun und Daniel schüttelten die Köpfe.

„Dr. Steinbach hat uns erzählt, dass es der *‚alte Klefuß'* gewesen war, der noch in seinen jungen Jahren die Ergebnisse der Bodenproben versteckt hat. Danach geriet die Sache in Vergessenheit. Irgendwann hat Hausmeister Klefuß Direktor Steinbach eingeweiht, nachdem dieser neu an die Schule kam. Niemand außer den beiden weiß heute davon, und jahrzehntelang herrschte Ruhe. Bis eines Tages eine Drohne auftauchte", berichtete Isabel.

„Die du entdeckt hast", sagte Seo-Yun.

„Nein", widersprach Isabel. „Offenbar ist sie in den vergangenen Wochen schon zwei-, dreimal aufgetaucht. Wir haben davon bloß nichts mitbekommen. Aber Klefuß hatte sie einmal gesehen und dem Direktor berichtet. Der hat sofort begriffen, dass der Grund dafür nur die Bodenproben sein können. Dr. Steinbach hat Klefuß daraufhin gebeten, die Schule vor der Drohnen-Spionage zu schützen."

Paul nickte und erzählte weiter: „Allerdings konnte er nicht ahnen, dass der Hausmeister das auf so rabiate Art erledigen würde, indem er die Drohne einfach abschoss, als sie wieder auftauchte."

Und wieder übernahm Isabel das Wort: „Sehr wahrscheinlich ist das der Grund, weshalb der Hausmeister jetzt verschwunden ist. Direktor Steinbach will alles daransetzen, ihn zu finden. Vorher, sagt er, können wir nichts gegen Stilke und vielleicht auch gegen Dr. Greedy unternehmen."

„Also suchen wir Herrn Klefuß!", schlussfolgerte Seo-Yun.

„Ja", stimmte Isabel zu. „Aber wie?"

„Ich hab den Typ gefilmt und fotografiert, mit dem Stilke sich am Flughafen kurz getroffen hat. Vielleicht kann Seo-Yun etwas über ihn herausbekommen?"

„Ich mache mich sofort an die Arbeit", versprach Seo-Yun. „Daniel, hilfst du mir?"

„Natürlich", erklärte sich Daniel sofort bereit.

„Und was machen *wir?*", fragte Isabel an Paul gerichtet.

„Wir könnten mal hören, was auf dieser merkwürdigen

Versammlung mit Eltern und Presseleuten erzählt wird", schlug Paul vor.

Isabel war sofort einverstanden. Gemeinsam mit Paul verabschiedete sie sich von Seo-Yun und Daniel und lief rüber in die Aula.

Vor dem Eingang der Aula hatten sich schon eine ganze Traube von Schülern zusammengefunden. Vor allem natürlich jene, deren Eltern teilweise von sehr weit angereist waren. Unter anderem Stefan und Malte, die die große Eingangstür zur Aula einen kleinen Spalt geöffnet hatten, um heimlich mithören zu können, was dort drinnen besprochen wurde.

Paul und Isabel drängelten sich dicht an die beiden heran.

„Was läuft da?", fragte Paul.

„Möglicherweise soll die Schule geschlossen werden", antwortete Malte. Ihm standen die Tränen in den Augen. Er konnte es einfach nicht fassen.

Sein bester Freund Stefan war ebenfalls entsetzt und fast schon panisch. „Wegen dieser ganzen Vorkommnisse in letzter Zeit. Die Sicherheit kann hier nicht mehr gewährleistet werden. Das hat Dr. Greedy auch gerade zugeben müssen."

Das glaube ich, dass Dr. Greedy das bestätigt!, dachte

Paul bei sich, sprach es aber nicht laut aus. Denn die Schließung der Schule war die Voraussetzung für den Plan, das Erdöl fördern zu können.

Laut aber fragte er: „Und was sagt Direktor Steinbach dazu?"

Stefan und Malte schauten Paul verwundert an: „Der ist doch noch in New York!"

Jetzt schaute Paul verblüfft. Um ein Haar hätte er von seinem Erlebnis auf dem Flughafen erzählt, doch dann hielt er es für besser, es für sich zu behalten, und antwortete nur: „Nein, der kommt heute zurück. Meines Wissens ist er schon hier!"

Was zu noch größerer Verwunderung bei den umstehenden Schülern führte.

Alemee fragte: „Und wieso ist der dann nicht da drinnen und sagt etwas gegen die Schulschließung? Meine Eltern sind extra aus Paris eingeflogen, weil sie die Schließung verhindern wollen. Aber so wie es aussieht, ist die Stimmung da drinnen ganz anders. Die meisten Eltern sind empört über die Diebstähle und den Vandalismus in den letzten Tagen."

„Dr. Steinbach ist nicht in der Aula?", fragte Isabel. „Bist du sicher?"

„Natürlich bin ich sicher!", antwortete Alemee. „Mein

Vater kam sogar kurz raus aus der Versammlung und hat mich gefragt, wieso der Direktor bei einer so wichtigen Sitzung nicht anwesend ist."

Isabel begnügte sich immer noch nicht mit der Antwort. Sie hatte doch auf dem Hof mit Direktor Steinbach gesprochen. Er wollte sofort in die Versammlung gehen, um die vermeintlichen Pläne von Dr. Greedy zu durchkreuzen! Wie konnte es sein, dass er jetzt nicht hier war? Eigentlich war das doch unmöglich! Isabel fragte also noch einmal eindringlich nach: „Wirklich nicht? Der Direktor ist nicht hier?"

Alemee war nun verärgert. „Nein! Hältst du mich für blöde? Wenn ich dir sage, er ist nicht da, dann IST. ER. NICHT. DA!"

„Schon gut, schon gut!", beschwichtigte Isabel. „Entschuldigung. Ich glaube dir ja."

Alemee schnaufte nur noch mal kurz und ließ es mit der Entschuldigung gut sein.

Isabel blinzelte Paul zu.

Der verstand diesen Wink, und die beiden machten sich auf den Weg.

„Wohin geht ihr?", fragte Alemee.

„Zum Büro des Direktors", antwortete Paul ehrlich. „Er müsste längst da sein."

„Bringt ihn her, wenn ihr ihn trefft“, forderte Alemee. „Es ist wirklich wichtig. Die da drinnen wollen ernsthaft unsere Schule schließen. Eine Katastrophe!“

„Versprochen!“, rief Paul ihr zu. Isabel und Paul beschleunigten ihre Schritte.

„Denkst du auch, was ich denke?“, fragte Paul.

„Dass Direktor Steinbach sein Büro nie erreicht hat?“, fragte Isabel zurück. „Ja, das befürchte ich auch.“

Kapitel 16: Showdown

Zur gleichen Zeit hockte Seo-Yun mit Daniel im Zimmer der Mädchen vor dem Laptop und durchforstete mit allen möglichen Gesichtserkennungsprogrammen das Internet nach dem unbekannten Mann, den Paul am Flughafen fotografiert hatte.

Gerade als sie nach langem Suchen fündig wurden, platzten Isabel und Paul ins Zimmer, indem Paul die Tür aufriss und rief: „Er ist auch verschwunden!“

„Was? Wer? Wie?“, stotterte Daniel.

„Direktor Steinbach! Auf der Versammlung ist er nicht, in seinem Büro auch nicht. Und laut Frau Dittmar hat er sich überhaupt nicht in der Schule zurückgemeldet!“, berichtete Paul.

„Aber …“, wollte Daniel gerade einwenden.

Doch Isabel unterbrach ihn. „Ja, wir haben ihn auf dem

Hof noch zur Versammlung gehen sehen. Aber da ist er nie angekommen. Er muss also auf dem Flur im Mozart-Flügel von irgendjemandem aufgehalten worden sein. Oder sogar auch entführt. Wie Hausmeister Klefuß!"

„Das gibt es doch nicht!", stieß Seo-Yun aus. „Gewissermaßen direkt vor unseren Augen? Das ist nicht möglich!"

„Herr Stilke kann es dieses Mal nicht gewesen sein", stellte Daniel klar. „Den haben wir noch gesehen, wie er an seinem Auto stand und telefonierte, als Direktor Steinbach schon in den Mozart-Flügel hineinging."

„Aber nicht allein", erinnerte Seo-Yun die anderen. „Diese Redakteurin hat ihn begleitet. Habt ihr die in der Versammlung noch gesehen?"

Paul und Isabel sahen sich an. Dann zuckten beide ratlos mit den Schultern.

Und Paul antwortete: „Darauf haben wir ehrlich gesagt nicht geachtet. Aber glaubst du ernsthaft, die Redakteurin der Lokalpresse hat etwas mit dem Verschwinden des Direktors zu tun?"

Isabel runzelte die Stirn. Auch sie konnte sich das nicht vorstellen.

„Ich glaube nichts und will auch nichts behaupten", stellte Seo-Yun klar. „Ich zähle nur die Fakten auf. Und Fakt ist: Direktor Steinbach ist gemeinsam mit der Redakteurin in den Mozart-Flügel gegangen. Die Aula hat der Direktor aber nie erreicht. Also ist irgendetwas zwischen Eingangstür und Aula passiert. Und die Redakteurin ist vermutlich die Letzte, die den Direktor auf dieser Strecke gesehen hat."

„Da hat Seo-Yun recht", bestätigte Paul. Und ergänzte: „Hatte die Redakteurin nicht auch mit dem Handy telefoniert, als sie den Direktor begleitete?" Er schnippte mit den Fingern. „Ja, ich erinnere mich. Sie war kurz vor der Tür stehen geblieben und führte ein Telefonat. Zur selben Zeit, als draußen Stilke an seinem Auto stand und telefonierte!"

„Ja?", fragte Isabel nach. „Ich dachte, das wäre ein Aufnahmegerät für ihr Interview mit dem Direktor gewesen."

Paul schüttelte den Kopf. „Nein, der Direktor hat sie abgewimmelt. Das habe ich noch gehört. Sie sollte in zwei Stunden wieder zu ihm kommen. Stattdessen aber lief sie ihm nach, blieb kurz stehen, telefonierte und ging erst dann auch in den Mozart-Flügel. Daran erinnere ich mich genau."

„Du meinst, sie hat mit Stilke telefoniert?", fragte Seo-Yun.

Paul schlug sich vor die Stirn. „Natürlich! So könnte es gewesen sein! Stilke gab der Redakteurin den Befehl, den Direktor …"

„… zu entführen? Die Redakteurin?“, hakte Isabel zweifelnd nach.

„… ihn abzulenken oder irgendwohin zu locken, wo Stilke den Direktor hinhaben wollte“, präzisierte Paul. „Vielleicht war das schon vorher ausgemacht worden, und die Redakteurin hat ein hübsches Sümmchen Geld dafür bekommen?“

Aber auch daran zweifelte Isabel.

Paul wandte sich nun noch mal Seo-Yun zu. „Hast du eigentlich herausfinden können, wer der fremde Mann am Flughafen war, mit dem Stilke sich getroffen hat?“

„Ja“, antwortete Seo-Yun. „Ich wollte es gerade Daniel zeigen, als ihr gekommen seid.“

Seo-Yun drehte sich auf ihrem Stuhl zu ihrem Computer um und öffnete und verschob ein paar Fenster. Eines der Fenster zog sie groß. Es war der Ausschnitt einer Instagram-Seite. Er zeigte das Foto eines Mannes, der in Badehose mit freiem Oberkörper auf einem Segelschiff stand und in die Kamera lächelte.

„Das ist er?“, fragte Paul.

Seo-Yun zog nun das Foto groß, das Paul am Flughafen geschossen hatte, und stellte es genau neben das erste Foto, sodass die beiden Porträts nun gut vergleichbar nebeneinanderlagen.

Alle waren sich sofort einig: Das war ein und derselbe Mann! Wenngleich zwischen den beiden Fotos möglicherweise eine Zeitspanne von einigen Jahren lag.

„Wer ist das?", fragte Paul. Die Frage, wie Seo-Yun auf genau dieses Instagram-Profil gestoßen war, sparte er sich. Da hatte Seo-Yun so ihre eigenen Tricks und Methoden. Außerdem befürchtete er, das Seo-Yuns Quellen nicht alle zu hundert Prozent legal waren.

„Er heißt Yves Rathenow, ein Börsenmakler", antwortete Seo-Yun.

Paul brauchte nicht lange nachzudenken, sondern platzte postwendend heraus: „Rathenow! Wie der Erbauer dieses Anwesens, dessen Porträt im Eingangsfoyer hängt."

„Ganz genau", bestätigte Seo-Yun.

Sie klickte einige Male mit der Computermaus, und es öffneten sich ein paar weitere Fenster mit Informationen über diesen Mann.

„Der gleiche Nachname ist kein Zufall", erläuterte Seo-Yun. „Er ist ein Nachfahre ‚unseres' Herzogs Wilhelm Rathenow!"

Seo-Yun scrollte durch das Instagram-Profil, auf dem eine Reihe von privaten Fotos zu sehen war. Die meisten von Urlaubsreisen, aber auch von Partys, Geschäftsbesprechungen und so weiter. Und von einem Autokauf. Yves

Rathenow posiert vor dem Autohaus mit einem sehr speziellen Sportwagen, den er sich wohl gerade angeschafft hatte.

Paul beugte sich vor, um das Foto genauer sehen zu können, und stieß schließlich einen langen Pfiff aus: „Das ist ein Chevrolet Camaro!"

Isabel wusste wie die anderen, dass Paul sich für Autos begeistern konnte.

„So einen habe ich noch nie gesehen", sagte sie. „Ist der etwas Besonderes?"

„Zumindest sieht man ihn selten auf den Straßen", erläuterte Paul. „Umso erstaunlicher, dass ich ihn erst vorhin gesehen habe. Zwischen den parkenden Autos am Straßenrand vor dem Eingang."

„WAS?" Seo-Yun fuhr regelrecht hoch. „Rathenow ist hier? Jetzt?"

Paul nickte. „Sieht ganz danach aus."

Dann sprach er aus, was alle spontan dachten: „Und ich vermute mal stark, dass er den Direktor bei sich hat."

„Dann müssen wir sofort los und ihn suchen!", forderte Seo-Yun. „Bevor er mit dem Direktor abhaut und der spurlos verschwindet wie unser Hausmeister!"

„Seo-Yun hat recht!", rief Daniel und wollte schon zur Tür rausrennen.

Doch Paul hielt ihn zurück. „Warte! Wo willst du hin?"

„Na, zum Parkplatz!", antwortete Daniel. „Wohin sonst? Vielleicht können wir diesen Rathenow noch aufhalten."

„Und wie?", fragte Paul.

Daniel öffnete den Mund für eine Antwort. Doch dann schloss er ihn wieder und brachte nicht viel mehr als ein leises „Öh …" heraus.

„Ihr glaubt doch nicht etwa, dass der Direktor freiwillig mit dem Kerl mitgeht?" Paul wartete die Antwort seiner Freunde nicht ab. „Wenn also der Direktor wirklich bei ihm ist, dann wird er bedroht und gezwungen mitzugehen."

„Du meinst …?", setzte Isabel an.

„Rathenow – oder wer immer den Direktor gerade entführt – ist bewaffnet. Ja, klar!", stellte Paul klar.

„Und was hast du vor?", fragte Seo-Yun. „Wir können doch den Direktor nicht einfach so entführen lassen."

„Sollen wir uns etwa auch bewaffnen?", fragte Daniel. Er begann schon, sich in dem Mädchenzimmer nach Dingen umzusehen, die man als Waffe benutzen konnte. Aber auf den ersten Blick fiel ihm nichts ins Auge als jede Menge Bücher, zwei Computer, Klamotten und auf Seo-Yuns Seite des Zimmers eine Menge undefinierbare Knäuel von Kabeln, Adaptern, Steckdosen und Ähnlichem.

Aber rein gar nichts, das sich als Waffe geeignet hätte. Nicht einmal eine Haarnadel.

„Natürlich werden wir uns nicht bewaffnen“, stellte Paul klar. „Bist du plemplem?“

Doch dann stutzte er und sagte langsam und gedehnt: „Es sei denn …“

Isabel zuckte zusammen. „Du suchst jetzt nicht ernsthaft nach einer Waffe, oder?“

Isabel kam aus einer Hochhaussiedlung, die zeitweise von der Stadtregierung als „sozialer Brennpunkt“ bezeichnet worden war. Tatsächlich hatte es in dem Stadtteil einige Zeit ein paar recht finstere Jugendbanden gegeben. Und ein paar existierten womöglich immer noch. Bewaffnete Jugendliche waren für Isabel deshalb kein ungewohnter Anblick. Aber hier, am Elite-Internat?

„Es hat nicht zufällig jemand von euch ein Messer?“, fragte Paul nun sogar.

„Das ist an der Schule verboten“, stellte Daniel klar.

Isabel sah Paul entsetzt an. „Was hast du vor?“

Paul winkte beschwichtigend ab. „Wir könnten versuchen, Rathenow aufzuspüren und ihn abzulenken. Währenddessen könnte sich einer von uns an den Sportwagen heranschleichen und die Reifen zerstechen. Das würde uns Zeit verschaffen, bis die Polizei kommt.“

„Die Polizei?“, wandte Daniel ein. „Ich denke, die dürfen wir nicht benachrichtigen, weil niemand von dem Erdöl erfahren soll!“

„Wir brauchen nichts von dem Erdöl zu erzählen“, erwiderte Paul. „Eine bewaffnete Entführung ist Straftat genug. Und wenn die Polizei ihn auf frischer Tat erwischt, weil wir ihn so lange aufhalten …“

„Das ist ein Superplan!“, lobte Daniel.

Isabel griff in ihre Schreibtischschublade und hielt plötzlich ein Schweizer Taschenmesser in ihrer Hand.

„Du hast tatsächlich ein Messer?“, rief Paul erstaunt aus. „Das verstößt gegen die Schulordnung!“

„Man wird sich ja wohl noch einen Apfel schälen dürfen“, konterte Isabel. „Zum Beispiel, wenn man unterwegs ist. Habt ihr eine Ahnung, wie viele Chemikalien und Bakterien man auf der Schale eines gewöhnlichen Supermarktapfels finden kann?

„Ja!“, riefen alle drei wie im Chor. Sie wussten Bescheid, weil jeder von ihnen mehr als einmal eine Apfelschale unter dem Mikroskop untersucht hatte. Sie wussten aber auch, dass es genügte, einen Apfel vor dem Verzehr zu waschen – allerdings sehr gründlich.

„Außerdem sind manche Instrumente in unserem Labor viel gefährlicher. Also: Ich habe ein Taschenmesser.

Ich mache es!“, erklärte sich Isabel bereit. „Ich schlitze ihm die Reifen auf.“

„Bleibt nur noch die Frage, wie wir diesen Typen wirksam aufhalten“, gab Daniel zu bedenken. Doch auch dazu hatte Paul eine brillante Idee.

„Die passende Waffe haben wir auf unserem Zimmer, denke ich“, sagte Paul geheimnisvoll. „Komm mit, Daniel.“ Und zu den Mädchen: „Geht ihr schon vor, wir treffen uns gleich auf dem Innenhof!“

Seo-Yun wollte noch nachfragen, was Paul vorhatte, doch da war er schon aus der Tür verschwunden. Daniel rannte ihm hinterher.

Seo-Yun zog die Schultern hoch und sagte zu Isabel: „Was soll's? Hast du dein Messer? Also los!“

Die beiden Mädchen rannten hinunter zum Innenhof.

Nicht einmal eine Minute später tauchten Daniel und Paul ebenfalls dort auf.

Jetzt sahen die Mädchen, welche „Waffe“ Paul aus seinem Zimmer geholt hatte: den aufgeregt kläffenden Hund von Hausmeister Klefuß! Der freute sich überschwänglich, endlich aus dem engen Zimmer heraus an die frische Luft geführt zu werden.

Paul brauchte ihn nicht an der Leine zu führen. Das konnte er auch gar nicht, denn die Leine hatte er in

Klefuß' Wohnung vergessen, als sie den Hund mitgenommen hatten. Jetzt sprang der Hund immer wieder aufgedreht an Paul hoch.

„Ja, ja, ja", sagte Paul. „Ist ja gut. Bist ein ganz Braver. Und jetzt: Such dein Herrchen. Na? Wo ist dein Herrchen?"

„Wir suchen Klefuß?", fragte Isabel verwundert.

Paul grinste sie verschmitzt an. „Unsere Arbeitsthese lautet doch: Rathenow oder Stilke oder beide gemeinsam haben nicht nur jetzt den Direktor, sondern zuvor auch Klefuß entführt."

Isabel nickte. „Ja, aber …" Dann begriff sie. „Ah!", rief sie nun aus. „Ich verstehe: Wenn unsere Theorie stimmt, dann wird der Hund Klefuß an dem Entführer wittern?"

„Das ist mein Plan", bestätigte Paul.

„Super Idee!", lobte Seo-Yun. „Los, kommt."

Auch sie wandte sich jetzt an den Hund und forderte ihn auf: „Such das Herrchen. Komm. Such das Herrchen."

Sie rannte los. Der kleine Hund folgte ihr freudig schwanzwedelnd und bellend.

Auch Daniel, Paul und Isabel rannten los. Aus dem Innenhof heraus, durch das Haupttor nach draußen auf die Straße, wo noch immer die ganzen Autos parkten.

Ziemlich weit hinten in der Parkschlange sahen sie, wie

der Chevrolet Camaro gerade aus seiner Parklücke herausfahren wollte.

„Vollsprint!", gab Paul das Kommando. Dabei war er der Langsamste von allen. Während Seo-Yun als die Schnellste mit dem Hund vorneweg düste, dicht gefolgt von Daniel und mit einigem Abstand Isabel, stampfte Paul keuchend gut dreißig Meter hinter den anderen her.

In dem Moment, in dem der Chevrolet sich aus der Parklücke herausmanövriert hatte, hatten Seo-Yun und der Hund das Auto erreicht. Seo-Yun stellte sich genau davor, um den Wagen am Weiterfahren zu hindern.

Etwas weiter hinter ihnen huschte Isabel von der Straße weg zwischen zwei parkenden Autos hindurch auf den kleinen, ausgetretenen Pfad, der als Fußweg diente.

Es war tatsächlich Yves Rathenow, der am Lenkrad saß und jetzt hupte.

Seo-Yun machte ihm ein Zeichen, dass er stehen bleiben und sein Fenster herunterlassen sollte.

Paul sah dies von Weitem, blieb stehen und rief die Polizei.

Yves Rathenow hupte erneut, doch Seo-Yun ließ sich nicht beirren. Und sie sah, wie hinten auf der engen Rückbank in sich zusammengekauert der Direktor saß.

Der Hund kläffte.

Yves Rathenow ließ endlich sein Fenster herunter.

„Sie haben den Hund vergessen!“, rief Seo-Yun ihm zu.

„Hä?“, fragte Rathenow verwirrt. „Was soll das?“

„Ihr Hund!“, wiederholte Seo-Yun. Aus den Augenwinkeln sah sie, wie Isabel über den ausgetretenen Pfad seitlich am Auto vorbeischlich, um die hinteren Reifen zerstechen zu können.

„Ich habe keinen Hund“, blaffte Rathenow Seo-Yun an.

„Nein, Sie nicht!“, antwortete Seo-Yun. „Aber der Direktor.“ Seo-Yun zeigte unverblümt in Richtung Rückbank.

Rathenow verzog mürrisch das Gesicht. Es passte ihm

überhaupt nicht, dass gerade jetzt irgendwelche Kinder ankamen, die ihn mit dem Direktor im Wagen entdeckt hatten. Aber noch tat er unschuldig.

„Ach so", stammelte er auf der Suche nach einer Ausrede. „Ja … Äh … Das ist … nett von dir. Aber der kann jetzt nicht mitkommen. Wir müssen zu einer Geschäftsbesprechung, weißt du? Passt du so lange auf den kleinen Hund auf? Danke."

„Das geht nicht", konterte Seo-Yun. „Er muss mit. Fragen Sie den Direktor!"

„Nein", schimpfte Rathenow entschieden. „Geh jetzt aus dem Weg!"

Er ließ sein Fenster wieder hochsurren.

Seo-Yun sah, wie hinter dem Wagen Isabel zum Vorschein kam und ihr den Daumen entgegenreckte. „Alles klar!"

Seo-Yun ging nun einen Schritt beiseite.

Rathenow gab Vollgas.

Mit durchdrehenden, quietschenden Reifen wollte er davonrasen.

Stattdessen aber heulte nur der Motor auf, und der Wagen rumpelte über die glatt asphaltierte Straße, schlimmer als bei einem Hindernisrennen über einen holprigen Acker. Rathenow bremste scharf ab, sprang wutentbrannt aus seinem Wagen und fluchte: „Was ist denn das für ein Schei…!"

Dann entdeckte er das Malheur: zwei platte Hinterreifen.

Klefuß' Hund rannte auf Rathenow zu, kläffte und sprang immer wieder an ihm hoch.

„Hau ab, verfluchte Töle!", schimpfte Rathenow. „Was will der Hund von mir?"

„Er hat sein Herrchen gewittert!", rief Seo-Yun ihm zu.

Rathenow schaute sie verwirrt an. „Was? Wieso Herrchen? Das ist nicht mein Hund. Das hab ich doch schon mal gesagt!"

„Nein", sagte Seo-Yun. „Es ist der Hund von Herrn Klefuß, den Sie entführt haben!"

„Was?", empörte sich Rathenow. „Das ist doch wohl …!"

„… die Wahrheit", übernahm Paul das Wort, der nun bei ihnen angekommen war. „Die Polizei wird jeden Moment hier sein."

Daniel lief zum Wagen und rief zum Direktor hinein: „Herr Professor Steinbach. Sie können herauskommen."

„Das geht leider nicht", antwortete der Direktor. Seine rechte Hand war mit einer Handschelle an den Haltegriff des Wagens gefesselt.

„Geben Sie mir die Schlüssel!“, forderte Paul Rathenow auf.

Seo-Yun öffnete im Hintergrund die Beifahrertür des Wagens und schaute sich um.

„Und sagen Sie uns, wo Hausmeister Klefuß steckt. Haben Sie ihn umgebracht?“, setzte Paul Rathenow weiter zu.

„Tickst du nicht mehr richtig?“, antwortete Rathenow empört. „Ich bin Geschäftsmann. Ich bringe doch keine Leute um!“

„Nein, Sie entführen sie nur“, konterte Paul. „Also, wo steckt Herr Klefuß? Geht es ihm gut?“

„Ihr habt doch gehört, dass er krank ist und bei seiner Schwester …“

„Hören Sie auf!“, unterbrach Paul ihn. „Wir wissen, dass Herr Klefuß gar keine Schwester hat. Da hätten Sie schon geschickter lügen müssen.“

Von Weitem sah man schon das zuckende Blaulicht des Streifenwagens näher kommen. Rathenow rückte nun widerwillig den Schlüssel heraus, mit dem Daniel den Direktor befreien konnte.

Doch das genügte Paul noch nicht. „Also, wo ist unser Hausmeister Klefuß?“, hakte er weiter beharrlich nach.

„Ich habe keine Ahnung", behauptete Rathenow. „Mit eurem Hausmeister habe ich nichts zu tun."

Plötzlich kam Seo-Yun auf ihn zu.

„Ach, wirklich nicht?", fragte sie und wedelte mit einem Smartphone vor Rathenows Gesicht herum.

Rathenow sprang auf sie zu und wollte nach seinem Handy greifen.

Seo-Yun wich mit einem schnellen Schritt zur Seite und versteckte das Smartphone hinter ihrem Rücken.

Nachdem Rathenow ins Leere gegriffen hatte, hielt Seo-Yun das Telefon wieder in die Höhe und rief den anderen zu: „Hier ist eine Online-Buchung drauf. Für einen Flug nach Kreta!"

„Na und?", fauchte Rathenow. „Was geht dich das an?"

Erneut versuchte er, nach dem Smartphone zu greifen.

Wieder vergeblich.

Inzwischen hatte der Polizeiwagen sie fast erreicht.

„Das Ticket ist auf den Namen Robert Klefuß ausgestellt. Unser Hausmeister! Sie haben einen Flug nach Kreta für ihn gebucht. Und zwar für morgen!"

Die Polizisten hielten und stiegen aus ihrem Wagen.

Rathenow rückte endlich mit der Wahrheit heraus. „Ich habe ihm eine stattliche Summe Geld geboten, wenn er für ein halbes Jahr auf eine griechische Insel verschwindet, bis ich den Kaufvertrag für das Schulgelände unter Dach und Fach habe."

Paul, Isabel, Seo-Yun und Daniel schauten sich erstaunt an.

Auch der Direktor, der jetzt von seiner Fessel befreit aus dem Wagen stieg, schien fassungslos zu sein. „Hausmeister Klefuß hat sich von Ihnen bestechen lassen und unsere Schule verraten?"

Rathenow schüttelte den Kopf. „Nicht ganz. Er hat mein Angebot abgelehnt. Na ja, da musste ich eben ein bisschen nachhelfen."

„Was heißt das?", bohrte der Direktor nach, während die Polizisten nun bei ihnen ankamen.

„Also ...", druckste Rathenow herum. „Ein paar Leute von mir haben sich den Hausmeister geschnappt und – passen nun auf ihn auf, bis er morgen in den Flieger gesetzt werden sollte. Bezahlt habe ich ihm die zehntausend Euro trotzdem, damit er hinterher nicht unschuldig tun kann."

„Sie haben also Herrn Klefuß entführt, bedroht und bestochen", fasste Direktor Steinbach zusammen, damit die Polizisten es hörten und zu Protokoll nehmen konnten. „Und jetzt sollte *ich* entführt werden. Und dann auch nach Griechenland verfrachtet werden?"

Rathenow nickte zaghaft.

„Und wo ist Herr Klefuß jetzt?“

„In einem Keller“, antwortete Rathenow. „Ja nur bis morgen. Bis zum Abflug.“

„Das können Sie uns alles noch mal genauer erläutern“, sagte einer der beiden Polizisten. „Zuerst aber bitte die Adresse von diesem Keller.“

Rathenow nannte sie ihm, dann wurde er festgenommen.

„Und gegen diesen Stilke und meinen Stellvertreter werde ich auch Anzeige erstatten“, erklärte der Direktor. „Aber jetzt muss ich schnell in die Aula und den aufgebrachten Eltern die Zusammenhänge erläutern. Kommt ihr mit, Kinder?“

Die YOUNG DETECTIVES sagten natürlich zu.

Unter großem Beifall erklärten sie in der Elternversammlung, was geschehen war.

Je mehr die vier Kinder berichteten, desto blasser wurde Dr. Greedy, bis er sich schließlich wortlos verkrümelte. Aber das machte nichts. Er würde nicht darum herumkommen, sich zu einem späteren Zeitpunkt vor Gericht melden zu müssen.

Die YOUNG DETECTIVES hatten erfolgreich die Schule gerettet.

Was das Erdöl-Vorkommen unter der Schule anging, erklärte Direktor Steinbach der Öffentlichkeit, dass es sich um einen Irrtum gehandelt hatte. Untersuchungen und Studien hätten ergeben, dass die Erdölvorkommen viel zu gering seien, als dass sich eine Ölförderung lohnen würde.

Die YOUNG DETECTIVES erfuhren nie, ob diese Aussage stimmte. Zumindest aber führte sie dazu, dass sich die Aufregung bald legte, das Internat erhalten blieb und alle wieder in Ruhe ihren Arbeiten und Projekten nachgehen konnten.

Bis zum nächsten Fall der YOUNG DETECTIVES.

SACHWISSEN FÜR JUNGE DETEKTIVE

Wie finden Forscher heraus, wie alt eine Mumie ist?

Eine Mumie ist eine Leiche, die vor Verwesung geschützt wurde, zum Beispiel, weil sie im Eis oder in einem Moor lag. Eine Leiche kann aber auch durch künstliche Verfahren von Menschenhand haltbar gemacht werden, wie man es unter anderem von den wohl berühmtesten Mumien kennt: den altägyptischen Pharaonen.

Die Methode, mit der eine Leiche mumifiziert wurde, lässt bereits erste grobe Rückschlüsse auf ihr Alter zu.

Weitere Hinweise sind zum Beispiel die Grabbeigaben oder die Gestaltung des Grabes oder Sarges. All das sah in jeder Epoche und Kultur ganz unterschiedlich aus.

Manchmal findet man auch Schilder oder Schriften, die den Gräbern beigefügt wurden und Informationen zu dem verstorbenen Menschen enthalten. Einige Gräber enthalten sogar ein Bildnis des Toten.

Will man das Alter einer Mumie jedoch wissenschaftlich genau bestimmen, dann benötigt man ein hochmodernes Instrument: den Massenspektrometer. Er kann aus winzigen Gewebeproben der Mumie den Todeszeitpunkt bis auf fünfzig Jahre genau bestimmen! Das ist besonders hilfreich, wenn ein Toter nicht von Menschen, sondern durch die Natur mumifiziert wurde und das Grab keine weiteren Hinweise liefern kann.

Mit zusätzlichen Verfahren wie Röntgenaufnahmen oder Computertomografie lässt sich dann noch mehr über die Mumie herausfinden, beispielsweise wie sie gestorben ist.

Warum braucht man bei der Spurensuche ein Mikroskop?

Gegenstände, die grob betrachtet völlig gleich aussehen, lassen deutliche Unterschiede erkennen, wenn man sie stark vergrößert, zum Beispiel mit einem Mikroskop, noch besser mit einem Elektronenmikroskop.

In einem Kriminalfall kann das sehr nützlich sein. Denn findet man beispielsweise ein Haar am Tatort, lässt sich mit etwas Glück erkennen, zu wem es gehört: zum Opfer? Zum Täter? Oder vielleicht zu einem unbeteiligten Familienmitglied oder dem Wachhund?

Hat man das Haar eines unbekannten Täters vor sich, kann man mithilfe des Mikroskops feststellen, welche Haarfarbe der Täter hat. Dadurch wird der Kreis der Verdächtigen kleiner, was den ermittelnden Polizisten viel Arbeit spart.

Doch die Untersuchung von Haaren ist nur ein kleiner Bereich, in dem das Mikroskop bei der Spurensuche zum Einsatz kommt. Auch viele andere Materialien und Gegenstände werden bei Kriminalfällen häufig mikroskopisch analysiert, zum Beispiel:

- Farb- und Lackspuren: So kann beispielsweise anhand einer Untersuchung des Autolacks der Täter bei Fällen von Fahrerflucht ermittelt werden.
- Glas: Ist am Tatort Glas zu Bruch gegangen, können die Scherben mit mikroskopisch kleinen Glasfragmenten an der Kleidung des Tatverdächtigen verglichen werden.
- Fasern: Bei der Faseranalyse werden beispielsweise Fasern an der Kleidung des Tatverdächtigen mit Fasern von der Kleidung des Opfers verglichen, oder man gleicht bei einem Einbruch die Fasern an der Einstieg-stelle mit der Kleidung des Tatverdächtigen ab.

Was befindet sich in einem Arbeitskoffer der Spurensicherung?

Koffer dieser Art sind eines der wichtigsten Arbeitsmittel bei der Aufklärung von Straftaten.

Ohne eine umfangreiche Spurensicherung der Kriminaltechniker am Tatort wären viele Mordfälle, aber auch andere Verbrechen bis heute nicht geklärt.

Die Arbeitskoffer enthalten unter anderem:

- verschiedene Pulver, mit deren Hilfe Fingerabdrücke auf verschiedenen Oberflächen sichtbar gemacht werden können, darunter Ruß- und Magnetpulver
- unterschiedliche Pinsel, um die Pulver aufzutragen
- eine Lupe mit Licht, die einen genaueren Blick auf die verschiedenen Spuren ermöglicht
- Spurentafeln und Pfeile, mit denen vor dem Fotografieren jede Spur exakt markiert wird
- spezielle Papier- und Plastiktüten, in denen die Beweismittel transportiert werden
- rotes Klebeband, mit dem Leichen an einem Tatort von oben bis unten „abgeklebt“ werden. So können winzige Spuren wie zum Beispiel Stofffasern am Körper gesichert werden
- Spezial-Pipetten, mit denen Wasser auf getrocknetes

Blut aufgetragen wird. Dieses wird dann flüssig wieder aufgenommen. So kann es besser analysiert werden

- lange Wattestäbchen, wie du sie auch vom Arzt kennst. Sie dienen dazu, DNA-Spuren aufzunehmen. Diese werden dann im Labor ausgewertet. Haare, Hautpartikel, Speichel, Blut – eigentlich jeder noch so kleine Teil des menschlichen Körpers enthält alle Erbinformationen der jeweiligen Person. Ähnlich wie Fingerabdrücke sind diese Erbinformationen bei jedem Menschen anders, weswegen DNA-Spuren bei der Aufklärung von Verbrechen besonders wertvolle Hinweise liefern können. Eine Ausnahme bilden übrigens eineiige Zwillinge. Sie besitzen als einzige vollkommen identisches Erbgut.

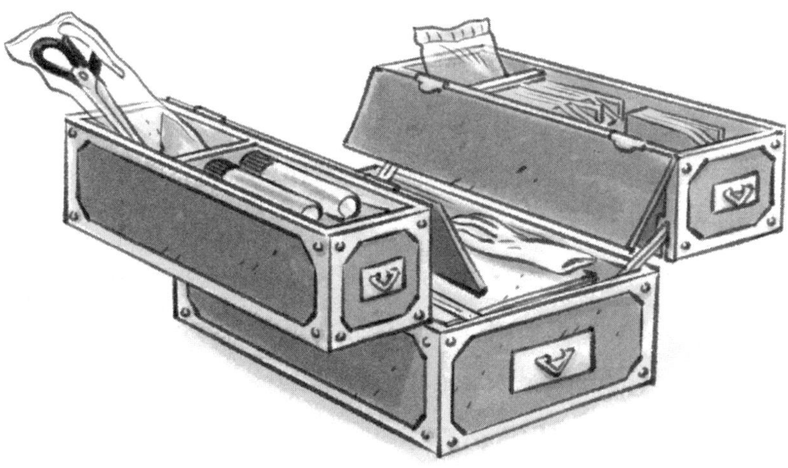

Wie knackt man ein Türschloss?

Auch wenn man kein Einbrecher ist, kann es manchmal ganz schön praktisch sein zu wissen, wie man Schlösser knackt – beispielsweise wenn man seinen Haustürschlüssel vergessen hat!

Will man ein Türschloss knacken, lautet die erste Frage: Um welche Art von Schloss handelt es sich?

Zimmertüren haben oft ein sogenanntes Buntbartschloss mit einer Klinke und einem großen Schlüsselloch. Im Inneren befindet sich ein Sperrriegel. Dreht man den Schlüssel, wird dieser Sperrriegel durch den unteren Teil des Schlüssels – den sogenannten Schlüsselbart – zurückgeschoben.

Bartschlösser lassen sich mit einem festen Metallhaken knacken, den man im 90-Grad-Winkel zurechtbiegt. Dazu kann man ganz normale Haushaltsgegenstände nutzen, zum Beispiel den Haken eines gewöhnlichen Kleiderbügels.

Der vordere Teil des Hakens soll etwa zwei Zentimeter lang sein. Klopft man nun noch die Spitze flach, hat man einen selbst gebauten sogenannten Dietrich. Mit diesem Dietrich lässt sich der Sperrriegel im Schloss wie mit dem Schlüssel nach hinten schieben.

Wohnungs- und Haustüren haben in der Regel ein Zylinderschloss mit einem Knauf außen und einem kleinen Schlüsselloch. Zylinderschlösser kannst du mithilfe einer Kreditkarte oder einer anderen Plastikkarte öffnen. Dazu schiebst du die Karte im Türspalt nach unten, bis du einen Widerstand spürst – die Schlossfalle. Diese musst du mithilfe der Karte nun nach unten drücken, was einiges an Kraft erfordern kann.

Statt einer Karte kannst du übrigens auch einen Mini-Schraubenzieher oder ein kleines Buttermesser verwenden.

Aber Achtung! Dieser Trick funktioniert nur, wenn die Tür nicht abgeschlossen wurde.

Wie erstellt man ein Phantombild?

Versuch doch einmal folgendes Spiel: An einer Bushaltestelle sagst du deinem Freund oder deiner Freundin: „Siehst du die Frau, die gerade aussteigt?"

Nun wartet ihr, bis die Frau außer Sichtweite ist.

Dann: „Beschreib die Person."

Danach kannst du die Beschreibung mit deinen eigenen Erinnerungen abgleichen. Du wirst staunen, wie wenige Details ihr euch tatsächlich gemerkt habt: Was für eine Haarfarbe hatte die Person? Wie genau sah die Brille aus? Wie die Augenbrauen? Waren die Ohren groß oder eher klein? Welche Form hatte die Nase? Was für eine Jacke trug sie: aus Wolle, Stoff oder Leder? Mit welchen Knöpfen? Oder hatte sie einen Reißverschluss? Und darunter?

Nach solchen Angaben versucht die Polizei, sogenannte „Phantombilder" zu erstellen, mit deren Hilfe dann nach möglichen Tätern gefahndet werden kann.

Früher wurden diese Bilder oft komplett von Hand gezeichnet. Heute sind Änderungen mit nur einem Mausklick möglich. Aus einer Datenbank mit sechstausend verschiedenen Elementen wie Nasen, Ohren und Augen wird ein Gesicht zusammengestellt. Rund eine Stunde dauert die Anfertigung.

Allerdings haben sogenannte Polizeizeichner es oft nicht leicht. Denn häufig stehen die Zeugen unter Schock. Dann haben sie es sogar noch schwerer, sich zu erinnern. Und selbst wenn man sich recht genau erinnert, muss man auch noch die richtigen Worte finden, um das Aussehen einer Person zu beschreiben. So spricht zum Beispiel jeder zweite Zeuge von „einer normalen Nase". Aber „normale" Nasen gibt es nicht!

„Normal" bedeutet meistens nur: unauffällig, zum Gesicht passend.

Trotzdem trägt jedes fünfte Phantombild zur Klärung eines Falles bei.

Übrigens: Kinder erinnern sich besonders gut an Details, in der Regel viel besser als Erwachsene. Spiel das Spiel oben also ruhig mal mit deinen Eltern. Vermutlich wirst du gewinnen!

Was ist eine ballistische Untersuchung?

Der Begriff „Ballistik“ kommt von dem altgriechischen Wort „ballein“, das „werfen“ bedeutet. Die Ballistik ist demnach die „Lehre von den geworfenen Körpern“ und gehört zum Bereich der Physik.

Bei einer ballistischen Untersuchung werden die Form und das Verhalten „geworfener“ Gegenstände untersucht, und zwar während des Abwurfs, der Beschleunigungsphase, des Flugs und des Aufschlags.

In der Kriminalistik dient die Ballistik der Untersuchung von besonders schnell „geworfenen“ Gegenständen – den Projektilen (also Kugeln) aus Schusswaffen.

Mithilfe der Ballistik lässt sich bestimmen, aus welcher Entfernung und aus welchem Winkel ein Geschoss abgefeuert wurde.

Zudem hinterlassen Schusswaffen auf Hülsen und Geschossen bestimmte Spuren. Durch diese Spuren können Projektile verglichen und darauf überprüft werden, ob sie aus ein und derselben oder verschiedenen Schusswaffen abgefeuert wurden.

Ebenso kann man nicht nur das Fabrikat einer Schusswaffe bestimmen, sondern auch jede einzelne Waffe genau identifizieren.

All das macht in der Kriminaltechnik der „Schusswaffenerkennungsdienst“. Dieser führt eine sogenannte „Vergleichsanalyse“ der Schäden durch, die ein Geschoss verursacht hat. So lässt sich sowohl am Tatort als auch später im Labor oft ermitteln, wie sich eine Tat abgespielt hat: War es Notwehr? Gab es einen Kampf? Wurde aus einem Hinterhalt geschossen?

Diese und viele weitere Fragen lassen sich oft nur mithilfe der Ballistik beantworten.

Was macht eigentlich ein Bodenkundler?

Die Bodenkunde ist eine wissenschaftliche Disziplin, in der verschiedene Fachrichtungen zusammenkommen, zum Beispiel Chemie und Physik, aber auch Geografie, Geologie und neuerdings die Umweltwissenschaft.

Aber was macht so ein Bodenkundler eigentlich? Er erkundet und beschreibt die Zusammensetzung von Böden. Es gibt nämlich ganz unterschiedliche Bodenarten, wie Sand, Lehm oder Moor.

Die Ergebnisse dieser Untersuchungen werden in sogenannten bodenkundlichen Karten (oder einfach: Bodenkarten) erfasst. In diesen Karten ist dann auch vermerkt, wo es welche Bodenschätze und Rohstoffe gibt, wie die Böden beschaffen sind, ob man darauf bauen oder darin bohren kann, was darauf gut wächst und was nicht und vieles, vieles mehr.

Auch in der Kriminalistik hat die Bodenkunde ihre Aufgabe: Liegen Bodenproben beispielsweise von den Schuhsohlen oder Autoreifen des Täters vor, kann durch eine Analyse oft recht genau bestimmt werden, woher die Probe stammt. Denn viele Bodenzusammensetzungen gibt es nur an ganz wenigen Stellen. So lässt sich manchmal der ursprüngliche Tatort oder auch der Wohnort des

Täters einkreisen. Zudem verwesen Leichen in verschiedenen Böden unterschiedlich schnell. So lässt sich mithilfe der Bodenkunde manchmal der Todeszeitpunkt besonders genau bestimmen.

Dieses Spezialgebiet, die sogenannte forensische Bodenkunde, hat bereits zur Aufklärung vieler Verbrechen beitragen können.

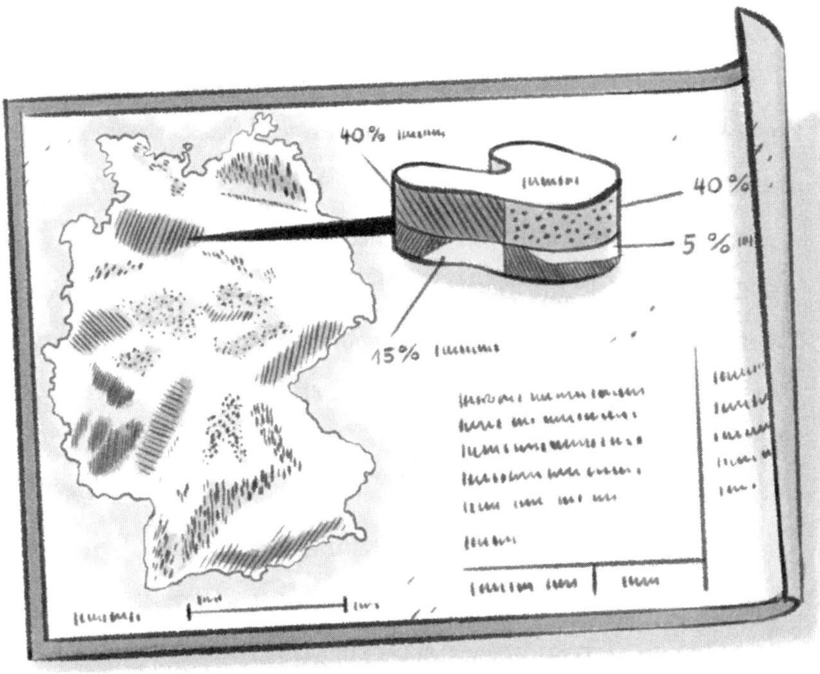

Wieso können Hunde so gut riechen?

Dass die meisten Hunde so große Schnauzen haben, hat einen guten Grund: Hunde sind echte Supernasen und haben bis zu 220 Millionen Riechzellen. Das sind rund 22-mal so viele wie beim Menschen. Mithilfe dieser Riechzellen und ihrer schnellen, kurzen Atmung können Hunde etwa eine Million Gerüche unterscheiden. Wir Menschen schaffen das gerade mal bei 10.000!

Deswegen ist der Geruchssinn beim Hund auch das Sinnesorgan, auf das sie sich am meisten verlassen. Lebewesen, bei denen das so ist, nennt man auch „Makrosmatiker".

In der freien Natur hat ein guter Geruchssinn viele Vorteile: Hunde können mithilfe ihrer Nase kilometerweit Beutetiere aufspüren und – besonders wichtig in der Paarungszeit – andere Hunde wittern. Sogar die Stimmung ihrer Artgenossen können Hunde mithilfe ihres Geruchssinns erkennen!

Wir Menschen verlassen uns vor allem auf den Sehsinn. Vieles, was Hunde mithilfe ihrer Nasen wahrnehmen, entgeht uns. Umso besser, dass sie schon seit rund 15.000 Jahren dem Menschen als Haushund und später beispielsweise als Lawinen-, Jagd- und Wachhunde zur Seite stehen.

Besonders hilfreich aber sind Polizeihunde: Sie erschnüffeln zum Beispiel Drogen oder Sprengstoffe oder nehmen die Fährte von Vermissten auf. Viele Fälle könnten ohne die Hilfe solcher „vierbeinigen Polizisten“ nie gelöst werden!

Der Autor

Andreas Schlüter wurde 1958 in Hamburg geboren, machte dort Abitur und eine Kaufmannslehre. Er leitete mehrere Jahre Kindergruppen in sozialen Brennpunkten, gründete 1989 ein Journalistenbüro, über das er Reportagen für Zeitungen schrieb und später als Nachrichtenredakteur fürs Fernsehen arbeitete.

Mit »Level 4 – Die Stadt der Kinder« gelang Schlüter 1994 der Durchbruch als Schriftsteller. Er hat mittlerweile über 100 Kinder- und Jugendbücher geschrieben und arbeitet seit 2003 immer wieder auch als Drehbuchautor.

Andreas Schlüter
Young Agents – Operation »Boss«
ab 11 Jahren | 256 Seiten
ISBN 978-3-96129-121-2

Andreas Schlüter
Young Agents – In gefährlicher Mission
ab 11 Jahren | 260 Seiten
ISBN 978-3-96129-144-1

Andreas Schlüter
Young Agents – Codewort »Inferno«
ab 11 Jahren | 272 Seiten
ISBN 978-3-96129-164-9